VINDOBONA
VERLAG SEIT 1946

Bibliografische Information der Deutschen Nationalbibliothek:
Die Deutsche Nationalbibliothek verzeichnet diese Publikation in der Deutschen Nationalbibliografie.
Detaillierte bibliografische Daten sind im Internet über http://www.d-nb.de abrufbar.

Für den Inhalt und die Korrektur zeichnet der Autor verantwortlich.

Gedruckt in der Europäischen Union auf umweltfreundlichem, chlor- und säurefrei gebleichtem Papier.

www.vindobonaverlag.com

Friedrich Philipp Cremer

KRIEMHILD UND DIE KARPFEN

Eine Geschichte über Emotionen

Roman

Cover-Bildgestaltung von **Georgi Takev**, freier Künstler, seit 1984 Mitglied des Wiener Künstlerhauses, Mainblick 65, D-61476 Kronberg.
Illustration von **Jürgen Eitz**, Breslauer Straße 58, D-63128 Dietzenbach.

Das ruhige Karpfenleben

Vor vielen, vielen Jahren schwamm friedlich, und wegen seines hohen Alters auch schon etwas müde, ein Karpfenmann in einem Teich bei Kummerow in der Uckermark. In früheren Zeiten, als er noch kräftig und agil mit seinen kräftigen Flossen das Wasser durchpflügt hatte, war er in seinem Schwarm von fast gleichaltrigen, prächtigen Karpfen, im Schwimmverband auf Beutezug unterwegs gewesen.

An seine Seite gesellte sich auch immer eine Karpfenfrau.

Sie schwamm meist hinter seiner Heckflosse her.

Es waren auch jüngere Karpfenburschen dabei, die ihn und seine anvertraute Gattin umschwärmten, und mit Freude in deren Kielwasser vorstießen, wenn der erfahrene Schwarmführer auf dem Teichgrund mit seinem kräftigen Maul fressbares aufwühlte, und wenn Algenstücke sowie kleine Grundwürmer und Wasserasseln, die durch die Wucht des zustoßenden, aufgestülpten Mauls des erfahrenen Jägers den Teichgrund aufwirbelten, ihren Weg

in die Mäuler der Karpfen fanden.
Es war immer wieder ein Festmahl für seine Begleiter und ihn selbst.
Besonders die jüngeren Karpfenbrüder und auch -schwestern schossen gelegentlich zwischen den übrigen Schwarmmitgliedern vor, und versuchten, die Beute für sich zu schnappen. Weil nicht jeder der Karpfen ein Beutestück erhaschen konnte, ging das Jagen von vorne los. Nach fast jedem Jagderfolg bewegte sich die Frau des Anführers mit einem kurzen Flossenschlag an ihren Schwarmchef heran und rieb ihren Fischkörper in lobhudelnder Bewegung an der Breitseite ihres Partners.
Diese Beschäftigung, im feuchten Element, zog sich den ganzen Tag, in stetiger Wiederholung dahin. Die Schwimmrunden des kleinen Schwarmes waren ganz alltäglich und gestalteten sich so, wie Karpfen nun einmal schwimmen:
Einmal behäbig und träge, und hin und wieder auch an der Wasseroberfläche, das aufgestülpte Maul nach Wasserläufern oder Mücken, oder einfach nur nach Luft schnappend.
Dann wieder schwimmen sie zu ihren Artgenossen hinab, wo sie abermals den Grund nach

Nahrung absuchen.
Es gab nicht viel Abwechslung, obwohl der Teich eine beachtliche Größe hatte, und deshalb waren die Tage nicht aufregend.
Schon gar nicht störten andere, größere oder auch gefährliche Artgenossen den Tagesablauf in irgendeiner Weise.
Selbst Greifvögel wie Seeadler oder große Möven sowie Kormorane vermochten wenig Aufregung in den Reihen der kleinen Karpfenschwärme zu verursachen.
Das eine oder andere Opfer unter ihnen, lag nun einmal im natürlichen Ablauf der Natur und das eines Karpfenlebens.
Der Karpfenchef fand jedoch an einigen Tagen des Jahres diesen stetigen Ablauf zu einseitig, und in Mondscheinnächten, wenn das Wasser des Teiches sich durch laue Sommerwinde kräuselte, sodass von oben selbst Eulen, die auf den Bäumen am Teichrand nach Beute Ausschau hielten, wegen des gebrochenen Wasserspiegels die Karpfen nicht sehen konnten, ging der sehr erfahrene Karpfenanführer mit einigen jüngeren Karpfen auf Beutezug.

War der Karpfenchef etwa unterwegs, um auf Erlebnisschwimmtour zu gehen?
Oh nein! Um in abenteuerlicher Weise zu jagen!
Er wartete jedoch immer ab, bis seine Fischfrau in einer dunklen Mulde im Wasser am Teichrand ihrer Nachtruhe entgegen starrte. Fische schlafen ja bekanntlich mit offenen Augen. Sie haben ja auch keine Augenlider. Wenn ihre Flossenbewegungen ganz sanft das stille Wasser in feinste Wirbel formte, und ihr Fischkörper ganz still im Wasser stand, war es so weit:
Sie schlief, und der Chef des kleinen Schwarms, schwamm mit ausgesuchten Kumpanen los.
Der Karpfenboss gab die Richtung an, und die jüngeren, ganz gespannt und in voller Erwartung ihres Fischzuges, schwammen gelegentlich hektisch und übermütig ihrem Anführer voraus durch die Fluten. Immer wieder ermahnte jedoch der Schwarmanführer durch einen kräftigen Bauchflossenschlag seine Begleitschwimmer, sich erneut hinter ihm einzuordnen.
Die Richtung war dann auch allen klar!
Es ging zu einer flachen Seitenbucht des Teiches, wo an solchen späten Abenden, wenn der Mond über die Baumwipfel am Ufer hervor trat, die

fettesten Wasserläufer auf der Wasseroberfläche der stillen Bucht im Zick Zack hin und her zogen und in der dort das Wasser, wegen seiner geschützten Lage, glatt, wie ein Spiegel war.
Auch war die flache Bucht dort noch zusätzlich mit den dichtesten Mückenschwärmen, die flach über der Wasseroberfläche quirlige Schwaden bildeten, und wie kleine, lebende, summende Wölkchen über dem Wasser tanzten, zusätzliche Leckerbissen für die Karpfen.
Hier konnte von den Unterwasserschwimmern kräftig Nahrung geschnappt werden. In kurzen Abständen, sogen gewissermaßen die aufgerissenen Mäuler der Karpfen an der Wasseroberfläche nach Beute. Sie holten sich, was die Natur hergab. Große, schwarz-blau schimmernde Wasserläufer wie auch zarte, kleine Wasserspinnen waren herrliche Leckerbissen für die Schwarmfreunde. Einige ganz Übermütige gerieten regelrecht in Rage, und sie sprangen kraftvoll über die Wasseroberfläche, um die eine oder andere Mücke zu erhaschen.
Es war ein Festmahl, und die aufgeregten Flossenschläge der gierigen Karpfen verwandelten die stille Bucht des Teiches in ein plätscherndes

Getöse, wie bei einer unorthodoxen Wassermusik.
Bald darauf waren die Bäuche der Karpfenfische so angeschwollen, die Leiber so schwer geworden, dass die Unterwassertruppe müde und wieder träge wurde, wie es bei Karpfen allgemein so üblich ist. Sie hatten genug, und ihr Anführer drehte nun genüsslich ein paar Kreise in dem noch unruhigen Wasser.
Jetzt wussten seine Begleiter, dass es Zeit wurde, wieder die alten, gewohnten Gewässer aufzusuchen, um sich mit fetten Bäuchen an ihren Ruheplätzen ihrem verdienten Verdauungsschlaf hinzugeben.
Der Alte schwamm ganz vorsichtig zu der Mulde, wo seine Fischfrau mit starrem Blick, und fast regungslos, schon lange in einen tiefen Schlaf versunken war. Im Wohlgefühl der Sattheit schwamm der Karpfenmann mit ganz vorsichtigen, kurzen Flossenschlägen an ihre Seite, stülpte vor Wonne noch oftmals sein dickes Fischmaul nach vorn, drehte seinen Fischkörper noch drei, vier Mal nach rechts und nach links, und schlief, wie sein Weibchen, mit den großen, runden Augen starr blickend, wohlig ein.

In solchen Nächten, nach so einem Raubzug mit seinen Fischgenossen, schlief er besonders gut in dem ganz leicht dümpelnden Wasser ein.
Und manchmal träumte er dann von zarten Wasserspinnen, die über seine kräftigen Fischlippen in seinem Schlund verschwanden.
Seine Lebensbegleiterin, die Karpfenfrau, sollte nie etwas von den späten Ausflügen mit seinen abenteuersuchenden Fischfreunden erfahren, denn das hätte zur Folge gehabt, dass seine Karpfenfrau ihn verlassen, sich in trübe Gewässer des Teiches begeben, oder sich vor ihm im Schlamm verstecken würde, weil sie sich ausgegrenzt fühlte.
Möglich auch, dass sie sich nach so langer Zweisamkeit einen anderen, neuen Partner suchen würde. Das jedoch sähen seine Kumpane überhaupt nicht gerne. Die Freunde, die ihren Anführer bei den Ausflügen begleiteten, wollten seine Fischfrau von solchen Abenteuern mit den dicken, schmackhaften Wasserläufern, und den anderen leckeren Futtertierchen, die es nur dort in so großer Menge gab, nicht dabei haben. Sie würden sonst an seiner Schwarmführerehre zweifeln. Möglich auch, er würde dann sogar

zum Gespött der Karpfenfreunde werden.
Seine Vormachtstellung als Führungsschwimmer und als erfahrener Jäger fetter Beute wäre dann dahin. Als Anführer sollte er ohne die Begleitung seiner Fischfrau voranschwimmen.
Deshalb also, um den Beuteneid seiner Fischfrau nicht zu wecken, waren die Ausflüge an späten Sommerabenden sozusagen geheim.
Sonst gab es kaum Abwechslung in seinem langen Fischleben. Außer eben diesem „Geheimnis“ gegenüber seiner Fischgattin, die seinem Ego schmeichelte.
Ja, sehr viel früher, noch als Junggeselle, da war er ein Karpfenmann, mit zahlreichen Karpfendamen, die er umschwärmte, wie der sprichwörtliche „Hecht“ im Karpfenteich.
Seine liebe Karpfenfrau, die immer treu an seiner Seite schwamm, war neben seinen heimlich erbeuteten, guten Happen, seine große Freude. Auch deshalb, weil sie ihm, in seinem fortgeschrittenen Alter, Algenklumpen und andere kleine Unterwassertierchen sowie schmackhafte Pflanzenreste, mit ihren Brustflossen dicht vor sein Fischmaul fächelte. So brauchte er nur noch zuzuschnappen, und musste sich nicht mehr auf

den Teichgrund auf der Suche nach fressbarem seine Fischlippen aufreiben.

So, gingen die Jahre dahin. Sein Schwarm wurde immer kleiner, weil einige der männlichen Karpfenfreunde ein Weibchen eroberten, ihren Hochzeits-Flossentanz im seichten Teichwasser vollführten, und in den kommenden Frühlingsmonaten die Fischfrauen kleine Kärpflinge gebaren. Die wuchsen in dem herrlich großen Teich schnell heran. Ebenso schnell fanden sich neue Karpfengruppen aus den Reihen der Jungkarpfen zusammen, und es bildeten sich neue, kleine Schwärme, die sich wie die alten, ihrer Fressgier hingaben.

So also, schritt die Lebenszeit dahin und so, auf diese Weise, alterte der Karpfenschwarmführer. Es wurde immer stiller und einsamer in seinem Umfeld. Seine Flossenschläge erlahmten immer mehr, und eines schönen Tages schwamm er nur noch gemächlich mit seiner auch schon recht betagten Fischfrau, ganz ohne seine früheren Schwarmfreunde, in den angestammten Gewässern.

Das Karpfenleben wurde für ihn langweiliger,

und ohne Abenteuer im Teich, nur immer mit seiner Fischfrau an seiner Seite, machte ihm das Leben keine rechte Freude mehr.
Abends taten ihm schon hin und wieder die Flossen weh, und ihre und seine Schuppen glänzten auch nicht mehr so hell, wie in jungen Jahren.

Der Angriff auf die Karpfen

An einem herrlichen Tag im August des Jahres 1807, es war an einem Sonntagmorgen, hatte die Sonne des Spätsommers das Wasser angenehm erwärmt. Im Teich gab es reichlich und viel Leben verschiedenster Unterwassertiere sowie viele, prächtige Karpfen. Auch einige andere Fische schwammen in dem Gewässer.

Da wurde diese friedliche Unterwasserwelt unerwartet und jäh aufgeschreckt:

An der Uferböschung kam ein zweirädriger Wagen, ein Zweispänner, mit zwei unruhigen, feurigen Rössern davor, heftig rumpelnd herangefahren. An der weichen Uferböschung angelangt, bebte durch die Erschütterungen der weiche Boden am Ufer, und dies übertrug sich auf die Wasseroberfläche. Deshalb wies sie plötzlich kleine, gekräuselte Wellen auf. Dadurch waren viele Tiere im und an dem Teich aufgeschreckt worden.

Die Karpfen, überwiegend an der Oberfläche des Wassers schwimmend, hatten mit ihren Barteln, die links und rechts seitlich an ihren Lippen

sonst dabei halfen, Nahrung am Grund des Teiches aufzuspüren, die Erschütterungen, wie mit Sensoren, zuallererst wahrgenommen.
Jetzt sahen die aufgetauchten Karpfen zu dem Gefährt hin, das wie ein Kampfwagen aussah. Eine dunkelhaarige Menschenfrau, in einen langen, schwarzen Mantel gehüllt, mit einer langen Peitsche in der rechten Hand, zügelte mit ihrem linken Arm die ledernen Zugleinen der beiden wild stampfenden Pferde.
Sie gestikulierte aufgeregt und rief mit lauter Stimme immer wieder:
„Brrrr, brrrr, bleibt stehen, meine Pferde!
Halt, brrrr, bleibt ruhig stehen!“
Dabei schnaubten die Tiere heftig und aufgeregt, und ihre Mäuler waren geöffnet und zitterten nervös. Normalerweise sind Pferde ja friedliche Tiere, aber anscheinend waren sie in ihrer Art und ihrem Charakter ganz ähnlich, wie ihre Besitzerin. Richtig wild und gefährlich sah das aus. Die gereizt und böse wirkende Frau oben auf dem Wagen hatte alle Mühe, ihre Pferde zu beruhigen. Wie eine Furie, wie eine bösartige Kriegerin, verhielt sie sich in ihrem drohendem Gebaren.

Sie rief nun auch abwechselnd die Namen ihrer unruhigen Pferde:
„Hoohh, brrrr, halt! Meine Pferde, bleibt stehen! Willkür, sei ruhig! Bleibt jetzt endliche stehen! Haltet an! Hass, steh jetzt auch still!“

Kriemhild, so hieß die Frau, hatte ihren Pferden diese Namen im letzten Jahr gegeben, weil sie so ihren Hass auf ein, ihrer Meinung nach, ungerechtes Schicksal und furchtbares Unglück Ausdruck verleihen wollte.
Die Namen der Pferde waren schon sehr ungewöhnlich, aber noch mehr das wilde und wütende Auftauchen dieses vom Aussehen her erscheinenden Kampfwagens am Ufer des Teiches, an einem so friedlichen Sonntagmorgen.
Dass Sonntag war, erkannten die Fische, weil die Schallwellen der Glockenschläge der Kirche des Ortes auf ihre empfindlichen Sinnesorgane trafen, wenn sie ihre Karpfenköpfe aus dem Wasser streckten. Auch mit ihrem Membran-Ohr oberhalb ihres Fischmauls nahmen sie die ungewöhnlichen Geräusche wahr.

Die Fische, aber auch andere Teichbewohner spürten die Gefahr, die von diesem Gespann am Ufer des Teiches ausging.
Dann tauchten auch noch zwei Männer hinter dem Wagen auf. Sie traten links und rechts, in geradezu martialischer Art, neben die Pferde dicht an den Saum des Wassers heran. Beide hatten große Netze über ihre Schultern gehängt, und sie fingen sogleich an, diese am Ufer und am Rand des Gewässers auszubreiten.
Dann holten sie lange Stangen von dem einachsigen Wagen, auf dem die Frau nun laut und aufgeregt gestikulierend Anweisungen an die beiden Burschen gab. Die Frau wirkte furchterregend und grimmig, als sie über das Wasser blickte, und nach den Karpfen Ausschau hielt.
Sie wies nun beide Männer laut, ja, fast hysterisch schreiend an, die Netze aufzustellen und in den Teich zu schieben:
„Meine Brüder! Treibt sie zusammen, fangt sie alle ein, diese verdammten, diese elenden Karpfen!“
Die Pferdeleinen hatte sie jetzt an dem Zweispänner festgeschlungen, und dann hielt sie ganz unerwartet eine lange Angelrute in den

Händen. Am Ende der Schnur war ein gefährlich-spitzer Angelhaken befestigt, und ein dicker Regenwurm kräuselte sich, lebend aufgespießt, um den tödlichen Haken.
Kriemhild schleuderte ihr gefährliches Werkzeug sogleich drohend ins Wasser. Die Schnur mit dem Wurm am Haken landete vor den Netzen im freien Wasser und senkte sich sofort als Köder in die Tiefe des Teiches. Grimmig, wütend und böse waren die Blicke dieser Frau, und drohend ihre Bewegungen, als sie mit lauter Stimme über das Teichgewässer rief:
„Ihr werdet sterben, ich fange euch alle ein, ihr elenden Karpfen, ihr verdammten Viecher, ich hasse Euch!“

Dann hörten die Karpfen auch die Namen der Männer: Es waren Kriemhilds Brüder, die sie mit wütender, lauter Stimme Stephan und Thomas nannte, als sie die beiden aufforderte, sich zu beeilen:
„Bewegt euch gefälligst schneller mit dem Zusammentreiben der Viecher, wir wollen so viele Biester wie möglich aus dem Teich herausholen! Sie sollen an Land ihr Leben lassen!

Sie sollen krepieren!“
Die jungen Männer beeilten sich nun noch mehr, die hochgestellten Netze weiter in die Mitte des kleinen Sees zu drücken, um die Karpfen im Wasser zusammenzudrängen.
Einer der Brüder, es war der, den Kriemhild Stephan nannte, war ein schlanker, ansehnlicher junger Mann. Immer wenn seine Schwester ihn rief, lächelte er und bekundete so sein Wohlwollen für ihre Befehle. Oftmals bestätigte er auf diese Art sein Einverständnis mit den boshaften Plänen seiner Schwester.
Die Freundlichkeit seines Lächelns war jedoch nicht echt. Dieser bewusst aufgesetzte Gesichtsausdruck war gleichzeitig ein Ausdruck der Verachtung und der Hinterhältigkeit. Es machte ihm offensichtlich Spaß, die harmlosen Karpfen einzufangen. Sein freundlicher Gesichtsausdruck war aufgesetzt, war ihm zur gewohnten Maske für seine hinterhältigen Bosheiten geworden.
Schon manch einer, der mit ihm zu tun hatte, war wegen ihm zu Schaden gekommen.
Stephan war ein Ausbund an Verlogenheit, und er plante seine Bosheiten mit einer geradezu hinterhältigen Strategie.

Aus diesen und noch vielen anderen Gründen hatte ihn seine Frau schon vor vielen Jahren verlassen und war weit weg, wieder zurück zu ihren Eltern, in ihre alte Heimatstadt Schwedt gezogen.
Der jüngere der beiden Männer, der nun bereits bis zur Hüfte im Wasser stand, war ebenfalls ein schlanker, hochgewachsener, junger Mann, mit einer etwas nach vorn gebeugten Körperhaltung. Er hatte einen weichlichen, fast kindlich wirkenden Gesichtsausdruck. Meist stand sein Mund halb offen, sodass er auf andere Menschen, vom Aussehen her, ein wenig beschränkt wirkte.
Thomas war seiner Schwester besonders verbunden, denn sie hatte ihn als Kind oftmals vor der ungerechten, launischen und nicht selten wütenden Mutter beschützt, und sich auch sonst als ältere Schwester aufopfernd um ihn, mehr als um ihren Bruder Stephan, der mittlere der drei Geschwister, gekümmert.
„Weiter, geht doch weiter zur Mitte des Teiches, der ist doch nicht tief!“ So raste Kriemhild nun auf dem Wagen stehend, um gleichzeitig aufgeregt die Angelrute auf und ab zu bewegen.

Mit einem heftigen Ruck zog sie die Schnur aus dem Wasser und hatte einen noch wütenderen und enttäuschten Gesichtsausdruck, wenn kein Fisch angebissen hatte.
Als sie wieder und wieder ihre Angel mit heftiger Bewegung auswarf, zuckte plötzlich ruckartig die Schnur, und nach einem frohlockenden Aufschrei folgte sogleich ihr Ruf:
„Ich habe einen an der Angel! Der erste von diesen verdammten Karpfen hat angebissen!“
Ihr Triumphgeschrei klang geradezu erschrekkend.
Blitzschnell zog sie die Angelschnur hoch in die Luft, schleuderte das arme, am Haken hängende Tier in Richtung Uferböschung, und dann sprang sie von ihrem erhöhten Platz auf dem zweirädrigen Wagen hinunter auf den weichen, grasbewachsenen Boden.
Dabei wurden die beiden Pferde wieder unruhig. Sie warfen ihre vorderen Hufe in die Höhe, und wieherten fast gleichzeitig. Schaum flockte zwischen ihren Kandaren aus den Mäulern auf den grasbewachsenen Strandsaum. Mit der Hinterhand stampften sie wie wild auf die Uferböschung auf, sodass der Boden leicht bebte.

Es sah aus, wie das Schlachtengeschehen mit Streitwagen. So, als würde in einem Schlachtengetümmel, wo Kämpfer, Pferde und Wagen aufeinander losstürmen, aneinandergeraten und sich bekämpfend in Not befinden.
Der Anblick mit Kriemhild und den nervösen, wild wirkenden Pferden war beunruhigend, und auch angsteinflößend.
Fast in einer einzigen Bewegung riss Kriemhild den Fisch vom Angelhaken, und schleuderte ihn kräftig zu Boden. Der Karpfen schnappte noch ein paar Mal nach Luft und schlug heftig mit seinem Schwanz hin und her, bevor er mit aufgerissenem Maul verendete.
Die beiden Brüder sahen das und reckten ihre Hälse, wobei der eine Mann namens Stephan Kriemhild mit höhnischer Stimme zurief:
„Endlich, das wird nicht der Einzige gewesen sein! Schwester, beeil dich doch, mach weiter, es dauert alles zu lange, hier schwimmen ja noch so viele vor unseren Netzen herum!“
So schnell sie konnte, kletterte Kriemhild wieder auf ihren einachsigen Wagen, holte aus einer Büchse einen neuen Wurm hervor, spießte ihn auf den Angelhaken und schleuderte abermals

die Schnur mit Wucht auf das Wasser vor die Netze.
Das freie Gewässer zwang die Karpfenschwärme jetzt dichter aneinander, denn sie wichen den sich voranschiebenden Fischnetzen, und auch den fremden, ungewohnten Unterwassergeräuschen aus.
Der Teich hatte zwar eine beachtliche Größe, aber dennoch ergriff Unruhe und sogar Panik die Fische, und viele von ihnen schwammen nun schnell und ungestüm im freien Wasser hin und her. Einige der jüngeren Tiere aus den verschiedenen, sonst kleinen Schwärmen, riefen die ausgewachsenen, älteren Artgenossen ängstlich an, und sprachen völlig verunsichert in ihrer Fischsprache:
„Was ist das nur, wir können kaum noch frei schwimmen! Wer hilft uns nur? Wir haben Angst!“
Da kam ein junger Karpfenmann eilig und aufgebracht zu den anderen Ängstlichen herangeschwommen und rief:
„Es ist furchtbar, einer von uns ist an einer Schnur oben durch die Luft verschwunden! Gerade hatte er in einen dicken Wurm gebissen,

aber plötzlich war mein Freund nicht mehr zu sehen!"
Nach dieser Aussage spürte man regelrecht das Erschrecken bei den Karpfen.
„Wer war es? Ein Freund von dir?", so sprach nun ein ausgewachsener Veteran den jüngeren Karpfen an.
„Ja, es war der Lieblingssohn von unserem alten Schwarmführer aus einem anderen Schwarm.
Wir hatten uns erst vor kurzer Zeit zusammengetan!" Und dann fragte der ältere noch:
„Wo ist denn nur unser alter Anführer?
Wir brauchen jetzt Hilfe! Er wird sicher wissen, was geschehen soll, oder sollen wir alle ..."
Da mischte sich ein anderer, jüngerer Karpfenmann ein und meinte:
„Der ist doch schon so alt, was kann der schon machen? Wir haben doch alle so etwas noch nicht erlebt!"
*1)

Der alte Schwarmführer, dem seine Gattin im Kielwasser treu und ergeben folgte, hörte in der aufgeregten Menge seiner bedrängten Artgenossen, dass die Rede von ihm war.

Die anderen Karpfen schwammen etwas zur Seite und sprachen ihn jetzt an:
„Es ist ein Unglück! Dein Lieblingssohn ist aus unserem Schwarm verschwunden, was sollen wir nur machen? Diese Hindernisse, diese Netze, und sie kommen immer näher, wer kann uns helfen?“
Als der alte Karpfen-Teichchef das hörte, drehte er vor Schreck seinen Fischbauch nach oben und wiederholte diese Bewegungen unter Wasser noch mehrmals. Dabei sank er vor Kummer über den Verlust eines seiner Lieblingssöhne langsam in die Tiefe.
Dann jedoch fasste sich der betagte und erfahrene Karpfenchef recht schnell, schüttelte entschlossen sein Schuppenkleid, schwamm wieder zu den anderen, und sprach mit fester Stimme zu den Verängstigten:
„Wir müssen den schlauen Hecht fragen!
Einige von euch schwimmen an die Teichseite, wo das Schilf im Wasser steht. Dort hält er sich meist auf und liegt auf der Lauer!
Los, die Kräftigsten von euch sollen ihn suchen, und wenn ihr ihn gefunden habt, sagt ihm, dass ich euch geschickt habe! Fragt ihn auch, was wir

tun können? Kommt bloß schnell zurück! Es wird immer gefährlicher hier!"

Eine Gruppe von etwa zwanzig Karpfen in mittleren Jahren, Männchen und auch Weibchen, alle stark und entschlossen, fanden sich zusammen.

Um etwas gegen die Not zu unternehmen, schossen sie förmlich durch das Wasser, in Richtung zu der anderen Teichseite. Dabei verursachten sie hohe, kräftige Bugwellen an der Oberfläche des Wassers. Die anderen Karpfen warteten, schwammen jedoch weiterhin aufgeregt hin und her. Sie wichen vor den langsam sich nähernden, einengenden Stellnetzen, dieser für sie furchtbar beängstigenden Gefahr, so gut es ging zurück. Dabei bedrängten sich die Karpfen gegenseitig so sehr, dass manche von ihnen aneinander stießen. In ihrer Angst, und der Gewissheit, immer mehr zusammengedrängt zu werden, flüchteten sie in alle Richtungen, sogar bis zum gegenüberliegenden Teichufer.

Die Karpfenfische warteten nun ungeduldig darauf, eine erlösende Antwort, einen Rettungsplan, von dem schlauen Hecht zu bekommen,

der sonst nicht mit ihnen zusammen war.
Er ist ein Einzelschwimmer, und er jagd in der Regel nachts, wenn es ganz ruhig im Teich ist.
Karpfen und Hechte gehen sich sowieso aus dem Weg, so verschieden sind sie.
Außerdem gehören Hechte zur Gattung der eierlegenden Fische, das heißt, sie sind „echte“ Fische. Als Beute sind Karpfen einfach zu groß für sie. Obwohl: Baby-Karpfen verschmäht der schnelle, schlaue Hecht auch nicht!
Da müssen die Karpfeneltern schon sehr auf ihren Nachwuchs aufpassen. Es ist nun einmal in der Natur so: Große Fische fressen kleine Fische.

Inzwischen war die wütende Kriemhild von dem erhöhten Angelplatz auf ihrem einachsigen Wagen abermals hinuntergesprungen.
Dann lief sie, schnaufend vor Wut, an den Rand des Wassers, wo ihre Brüder schon etwa zehn Meter weit im Teich standen. Das Wasser reichte ihnen bereits fast bis zur Brust.
Die Netze, die sie vor sich her schoben, waren wegen der in Abständen herausragenden Stangenspitzen, gerade noch an der Wasseroberfläche zu erkennen.

„Wir machen es anders!“, rief sie den beiden Brüdern jetzt mit befehlsartigem Ruf zu.
Dabei hielt sie zwei große Kescher in den Händen und schleuderte sie, mit heftigen Bewegungen, hin zu den Brüdern, die im Wasser standen, um so an noch mehr Karpfen zu gelangen und sie einzufangen:
„Geht jetzt vor die Netze und fangt die Karpfen damit ein! Ich komme euch entgegen und werfe die gefangenen Viecher ans Ufer.
Diese verdammten Ungeheuer sollen dann verrecken!“, schrie sie wutentbrannt.

In der Tiefe des Wassers, wo die beunruhigten Tiere ängstlich und verstört hin und her schwammen, sahen die Karpfen plötzlich zwei beutelartige Netze an Stangen durch das Wasser gleiten. Da sie erkannten, was das für sie zu bedeuten hatte, wichen sie, so gut sie nur konnten, dieser neuen, zusätzlichen Gefahr aus. Ach, oh weh, welch ein Unglück! Fast zeitgleich erwischte es zwei von ihnen! Die Kescher verschwanden aus dem Blick der anderen, und gleich mehrere Karpfen, aus ihren Reihen, waren verschwunden. Kurz darauf glitten diese

Geräte wieder durch das Wasser, schoben sich mitten unter die schwimmenden Tiere und schwenkten hin und her.
Instinktiv erkannten nun die Karpfen die immer größer werdende Gefahr.
Jeder von ihnen wich noch aufgeregter, so gut er nur konnte, der erneuten Bedrohung aus. Keiner von ihnen wollte eingefangen werden.
Aber dann stürmte endlich, mit ganz kräftigen Flossenschlägen, die ausgeschwärmte Karpfengruppe von der schilfbewachsenen, kleinen, sehr abseits gelegenen Bucht des Teiches, zu den Bedrängten heran:
„Wir haben den schlauen, alten Hecht angetroffen und ihm von unserer Not berichtet", riefen sie schon aus, während alle zwischen den bedrängten Karpfenbrüdern und -schwestern zu dem alten Anführer der vielen Karpfenfamilien heranstürmten:
„Er sagte, dass er die Gefahr für alle Fische im Teich schon längst erkannt hat", meinten die aufgeregten Ausschwärmer, als sie es ausriefen.
Einer der zurückgekommenen Karpfenmännchen berichtete:
„Der Hecht hat gemeint, wir sollten nur dafür

sorgen, dass das Wasser steigt!“
„Was? Wie denn, und wieso?“, riefen nun einige von ihnen in die Runde.
Der Karpfenchef hörte das, kam herangeschwommen, und die anderen erkannten, dass er den Ratschlag des Hechtes gut fand.
Sein alter Kampfesmut war in dieser Notlage wieder in ihm aufgestiegen:
„Ja! Jahhh, meinte er nun in seiner eher bedächtigen, aber auch erfahrenen Art und sagte mit fester, lauter Stimme weiter:
„Wir können das schaffen! Einige der größten und kräftigsten unter uns müssen, so schnell sie nur können, zu dem Wehr schwimmen.
Mit unseren Körpern werden wir das Wehr verstopfen! Wenn dann das Wasser steigt, können diese zweibeinigen Ungeheuer mit ihren Netzen, die uns wegfangen wollen, nicht mehr im Teich stehen, und uns somit auch nicht mehr bedrängen!“
„Ja!“, riefen einige aus der bedrängten Schar:
„Ein verstopftes Wehr wird unsere Rettung sein!“
Andere riefen in zweifelndem Ton:
„Aber das können wir doch nicht schaffen, wir

sind doch viel zu schwach dazu!“
„Ja, doch, zusammen können wir das schaffen, wir sind stark!“ So waren sich die meisten von ihnen sogleich einig:
„Oh, prima, das steigende Wasser wird diese Teufel vertreiben! Machen wir schnell! Es geht um unser Leben!“, riefen nun viele, ausgewachsene, größere Karpfen in die Runde der Verängstigten.
Damit fanden sich eiligst die kräftigsten und mutigsten Karpfen, Männchen und Weibchen, in einem Schwarm zusammen.
In mehreren Unterwasserverbänden schwammen sie eilig, und nacheinander auch immer mehr und mehr von ihnen, am Rand, unterhalb der Uferböschung, in Richtung Schleusenwehr.

Als vor vielen Jahren bei den Bewohnern der Stadt der Plan gefasst worden war, einen Teich mitten in den Stadtpark dorthin zu bauen, wo noch zuvor ein kleiner Bach floss, stimmten die Bürger von Kummerow diesem beschwerlichen Bau im Stadtpark zu. Karpfen und andere Fische sollten darin eingesetzt werden.

In dem ganz leicht abschüssigen Gelände gruben sie dann lange, und mit viel Mühe und Fleiß, in ihrem Stadtpark, den Fischteich.
Die Bewohner der Stadt hatten diesen Fisch- und Parkteich so angelegt, dass auf der einen Seite der kleine Bach in den Teich hineinfloss, und an der etwas tiefer gelegenen Seite gegenüber, das Wasser in den weiterführenden Bach abfloss. An dieser Abflussstelle bauten Zimmerleute ein Wehr, um den Wasserstand des Teichs immer ungefähr gleich hoch zu halten. Beim Bau trieben die Handwerker links und rechts dicke, rechteckige Eichenstempel in einem gewissen Abstand an den Ablauf in den Teichgrund. In die sich gegenüberstehenden Innenseiten der kräftigen, rechteckigen Pfähle, hatten sie tiefe Nuten gefräst, um später darin die hölzernen Schleusentore einzupassen, die hoch und runter beweglich sein sollten. Dann bauten sie hinter den Pfosten, zur ablaufenden Seite des Baches hin, noch einen Steg aus kräftigen Eichenbohlen und versahen ihn mit einem Zaun sowie einem Handlauf. Zur Regulierung des Wasserstandes wurden zwei große Platten aus Eichenholzbohlen gezimmert:

Eine starke Platte als Schleusentor, bestehend aus eichenen Bohlen, verstärkt und verbunden mit senkrecht und diagonal verlaufenden, starken Leisten, versehen mit vielen daumengroßen Öffnungen. Das mit den Löchern versehene Tor wurde dann als Schleuse, zwischen die seitlichen Pfosten, bis auf den Teichgrund eingelassen. Dadurch floss immer etwas weniger Wasser aus dem Teich heraus, wie auf der anderen Seite des Teiches vom Bach her hinein.
Wenn der Bach, der das Wasser dem Teich zuführte, gelegentlich anschwoll, und der Wasserstand anstieg, konnte der Teichwart mit einer anderen Eichenholzplatte, in gleicher Bauweise, jedoch ohne Löcher, direkt hinter der Lochplatte mit Ketten angebracht, und die mittels einer Eisenspindel mit einem Drehgriff und Haltehaken versehen war, hochziehen oder absenken. Beide hölzernen Platten waren in die Pfahlnuten, wie in Führungs- und Halteschienen, eingelassen. Auf diese Weise konnte der Teichwart mal mehr oder auch weniger Wasser abfließen lassen. Die beiden Holzplatten wurden noch mit Pech bestrichen. Von daher, und mit Hilfe dieser Technik, war der Wasserstand des Fischteiches

in unregelmäßigen Abständen regulierbar. Außerdem war dadurch gesichert, dass eingesetzte, größere Fische nicht entweichen, und in den abfließenden Bach schwimmen konnten.

Nun also wollten die Karpfen den Plan des schlauen Hechtes umsetzen, und die zum Teich hin eingelassene eichenhölzerne Wehrplatte mit den Löchern, durch ihre Fischleiber verstopfen.
Karpfen haben ja einen schmalen, eiförmigen Körperbau, der wie ein oval geformter Teller mit Kopf und Flossen aussieht.
Die mutigen Tiere schwammen nun eilig hin zu dem Wehr, und drückten sich, dort angekommen, mit der einen oder der anderen Seite ihres Körpers, vor die Löcher in der Wehrplatte.

Es waren viele, die diese für Karpfen ungewöhnliche Aktion, aus purer Not, und wegen der Gefahr, aus dem Teich gefischt zu werden, mit aller Kraft und höchstem Einsatz durchführten.
Der alte Chef-Karpfenfisch war ihnen gefolgt und gab jetzt Anweisung, damit kein Loch in der Holzplatte unbedeckt von einem Fischleib war.

Er stand gewissermaßen, heftig mit seinen Bauchflossen steuernd, unter Wasser vor dieser mutigen, kämpfenden Karpfen-Aktionsgruppe und gab seine Kommandos:
„Presst euch fest an jedes Loch! Die leichte Strömung drückt eure Körper noch zusätzlich gegen die Lochplatte!“
Das rief er nun den Aktiven zu, die mit festem Willen und mit all ihren Kräften tatkräftig, und unbeirrt, diese schwere Arbeit verrichteten.
„Da ist noch ein Loch frei! Los, schnell, deckt es ab!“
So wies er, der Chef, hoch konzentriert und voller Willensstärke, seine Artgenossen an.
Dabei fühlte er, obwohl er ja schon in die Jahre gekommen war, wie seine alte Führungskraft immer mehr in ihm aufstieg.
Die Karpfen folgten seinen Anweisungen, doch sie merkten dabei auch, dass dieser Kampf um ihr Leben von ihnen viel Kraft und Geschick abverlangte.
Er, der Anführer dieser mutigen Truppe, spürte es nach einer Weile, auch weil er ein erfahrener, alter Karpfen war, als Erster:

Das Wasser konnte nicht mehr ablaufen, und ganz, ganz allmählich stieg der Wasserstand des Teiches an.
Das hatte jedoch zur Folge, dass durch obere Lochreihen in der Wehrplatte Wasser floss, weil diese dann, wegen des steigenden Wasserstandes, nicht abgedeckt waren. Doch der Karpfen-Chef reagierte sofort und rief seine verzweifelt sich anstrengenden Akteure auf, die frei gewordenen Löcher, durch die nun Wasser hindurchlief, mit ihren Fischkörpern abzudecken:
„Es passiert schon etwas! Der Wasserstand steigt! Gebt darauf acht, deckt auch sofort die oberen Lochreihen ab!“, befahl er den Aktiven.
Tatsächlich stieg der Wasserstand des Teiches langsam mehr und mehr an.
„Es klappt! Großartig, wir schaffen es!“, rief er nun voller Zuversicht, und mit Stolz in der Stimme, triumphierend seiner eifrigen Mannschaft zu.
Die Karpfen strengten sich daraufhin noch mehr an und erreichten sodann, dass die löchernde Wehrplatte, dieser Abfluss, mit ihren Körpern fest verstopft blieb.
Ein triumphierendes Gefühl machte sich unter

der Karpfengruppe breit, besonders aber bei dem alten Chef der Karpfen.
Er fühlte sich stolz und überlegen, weil er Leiter dieser Aktion war, und weil er dem richtigen Rat des schlauen Hechtes gefolgt war.

Unterdessen ging das Keschern, also das Fangen der unschuldigen Karpfen aus dem Wasser, durch die beiden Brüder Stephan und Thomas, mit aller Heftigkeit, und mit Unterstützung der sie heftig anfeuernden Kriemhild weiter:
„Fangt mehr! Beeilt euch! Ich will, dass kein einziger Karpfen überlebt! Ich hasse diese Viecher! Sie sollen dafür büßen, dass sie uns einen so großen Kummer bereitet haben. Strengt euch an, los! Sie sind schuld!
Ja, sie sind schuld!“
So redete und schrie Kriemhild sich in Rage, und so rief sie es jetzt ganz aufgebracht in Richtung ihrer Brüder.
Die drei Geschwister setzten ihre Zerstörungs- und Tötungsorgie unbeirrt fort.
Zu dieser Zeit lagen schon viele Karpfen aller Größen tot im Gras am Teichrand.
Nur noch wenige von ihnen schnappten noch

nach Luft, andere warfen verzweifelt ihre Körper im Todeskampf hin und her.
Die Masse von ihnen war jedoch bereits dem Erstickungstod nahe oder auch schon verendet. *2)

Während die Geschwister noch aufgeregt darüber lamentierten, wie schnell und mit welchen Möglichkeiten sie noch mehr Karpfen fangen und töten könnten, rief der eine der Brüder, es war Stephan, seiner Schwester mit erschrokkener Stimme zu:
„Ich kann nicht mehr richtig stehen! Das Wasser reicht mir ja schon fast bis zum Hals!“
Kriemhild sah ihn erschrocken an und meinte sogleich:
„Ja, aber das ist doch ganz ungewöhnlich. Der Teich ist doch sonst nicht so tief. Was ist nur los?“
Darauf sagte ihr Bruder Thomas, dem das Wasser auch schon buchstäblich bis zum Hals stand, und dessen Füße auch nicht mehr fest auf dem Teichgrund Halt fanden:
„Der Wasserstand ist ja auf einmal so hoch.
Wie kann das denn sein? Wir müssen zurück, wir

müssen aus dem Wasser heraus!
Ich kann meinen Kescher auch nicht mehr hin und her schwenken!"
Nach dieser Aussage schwiegen alle drei einen Moment. Stephan pflichtete seinem Bruder etwas später bei und meinte:
„Wir gehen zurück an Land, wir müssen erst einmal herausfinden, warum das Wasser auf einmal so gestiegen ist!"
Daraufhin erwiderte Schwester Kriemhild, schon ein wenig kleinlaut:
„Na gut, gehen wir zurück! Nehmt eure Netze mit, ich trage die Kescher. Aber die Jagd ist noch nicht zu Ende, das sage ich euch!"
Also machten die drei kehrt, bewegten sich mit Mühe vom tiefen ins flachere Wasser und begaben sich mit ihren Gerätschaften an den Teichrand, wo bereits ein beachtlich großer Haufen toter Karpfen lag.
Als sie ganz aus dem Wasser gewatet waren, hörten sie aufgebrachte Stimmen von anderen Menschen, die in einer Gruppe zusammenstanden.
Die Leute waren nach dem Kirchgang auf dem Nachhauseweg am Teich vorbeigekommen, und

hatten die befremdliche Aktion der drei Geschwister schon eine Weile beobachtet.
Ein Mann aus der Mitte der Zuschauer rief den aus dem Wasser watenden, und mit Netzen und Keschern bewehrten Geschwistern lauthals entgegen:
„Was macht ihr denn da überhaupt? Wer hat euch erlaubt, die Karpfen aus dem Teich zu fangen? Seid ihr denn von Sinnen? Ja, was soll denn das?“
Mehrere andere aus der kleinen Menschenansammlung pflichteten ihm bei und einige riefen:
„Ja, zum Donnerwetter, wer hat euch erlaubt, die Karpfen aus unserem Parkteich herauszufischen?“
„Hier ist die Gemeinde geschädigt worden“, rief ungewöhnlich laut ein vornehmer Herr, mit einem Zweispitz auf dem Kopf, aus dem Hintergrund.

Der Wasserstand des Teiches war nun soweit angestiegen, dass das Nass die oberen Kanten der Platten des Wehrs überflutete. Die Karpfen bemühten sich immer noch verzweifelt, die Öffnungen in der Lochplatte abzudecken, und

der alte Karpfenchef war noch immer in seinem Element und achtete darauf, dass seine Artgenossen nicht nachließen, die Löcher in dem Wehr mit ihren Körpern zu verstopfen.
Plötzlich kam der Hecht pfeilschnell herangeschwommen und rief den kämpfenden Karpfen zu:
„He, ihr Karpfen, die zweibeinigen Wesen mit ihren Netzen und Keschern haben das Wasser wieder verlassen, es ist alles wieder ruhig! Hört jetzt auf, den Teich zu stauen!"
Da drehte sich der Karpfenfisch-Chef mit weit aufgerissenem Maul zu dem Hecht um und stutzte zunächst für einen Moment.
Jedoch vernahm auch er keine fremdartigen Geräusche mehr im Wasser und vertraute deshalb der Aussage des schlauen Hechtes:
„Hört auf, hört auf, meine tapferen Brüder und Schwestern, wir haben die seltsamen Zweibeiner aus dem Teich vertrieben! Ihr könnt euch jetzt ausruhen!"
Als die schon sehr erschöpften Karpfen an den Löchern dies hörten, verließen sie ihre Positionen, und viele von ihnen sanken erst einmal auf den Grund.

Sie atmeten schwer durch ihre Kiemen und einige drehten sich unter Wasser auf den Bauch nach oben, so viel Kraft hatte sie die Aktion gekostet.
Aber nach einer Weile erholten sie sich alle wieder. Keiner von ihnen dort war bei diesem Überlebenskampf verletzt worden oder hatte sein Leben verloren.
Sie umkreisten erleichtert und freudig ihren Karpfenchef, und auch den schlauen Hecht.
Dann sammelten sie sich zu kleinen Schwarmgruppen und schwammen zu ihren angestammten Gebieten in Teich zurück.

Schließlich kam die alte Karpfenfrau des völlig ausgepumpten Chef-Karpfens aus dem hinteren Teil des Teiches herangeschwommen, drückte sich schwungvoll an ihren Chef-Karpfenmann, und schmiegte sogar ihre Breitseite an ihn. Dabei meinte sie mehrmals in schmeichelndem Tonfall:
„Wir haben es geschafft, du warst großartig, mein Held, mein alter Held!"
Er spürte jedoch so sehr die Müdigkeit in seinen Flossen, dass er ihr nicht antwortete.

Dann schwammen sie langsam, und gemeinsam, dicht aneinandergedrängt, zu ihrer alten Ruhemulde im Teich zurück.
Auch die Aufregung der wartenden Karpfen hatte sich gelegt, und sie empfingen die „Kämpfer“ mit dem Ausdruck der Erleichterung, wie es bei Karpfen eben so üblich ist:
Sie schwammen aufeinander zu, umkreisten sich, und einer oder auch mehrere drückten ihre Seite an den anderen Artgenossen heran.

Kriemhild hatte inzwischen Angel und Netze auf dem Pferdegespann verstaut und ging zu der Gruppe der aufgebrachten Menschen.
Sie machte plötzlich einen ganz zerknirschten Eindruck und sagte:
„Ihr Leute, ich will mich an den Karpfen rächen, sie sollen sterben! Ja, sie sollen sterben!
Ich muss doch für mich und meine Familie für Gerechtigkeit sorgen und Frieden finden!“
Nach Kriemhilds Worten begannen die im Kreis um sie herumstehenden Bürger ihr Unverständnis, zum Teil mit Äußerungen in die Runde zu rufen, wie beispielsweise:

„Das ist doch Unsinn! Diese Bauern wollen sich doch nur herausreden“, oder auch:
„Ja sind die drei jetzt verrückt geworden?“

Die beiden Brüder blieben erst einmal am Wagen stehen. Thomas beruhigte die beiden Pferde, die schon wieder aufgeregt mit den Hufen scharrten. Als er auf sie einsprach, und ihnen mit der Hand die Köpfe und auch ihre Hälse tätschelte, beruhigten sich die Tiere wieder.
Stephan folgte danach sogleich seiner Schwester, ging zu der Gruppe hin, und stellte sich demonstrativ neben sie, als wollte er sie in Schutz nehmen. Dann sprach Kriemhild noch einmal die aufgebrachten Zuschauer mit lauter Stimme an, aber gleichzeitig klangen ihre Worte auch wehklagend:
„Ihr Bürger, ich will mich an den Karpfen rächen, sie sollen sterben! Und zwar deshalb, weil meine lieben beiden Kinder zu Beginn des vergangenen Winters wegen dieser verdammten Karpfen hier im Teich umgekommen sind. Jawohl, weil diese Viecher fast immer an der Wasseroberfläche schwimmen, und dabei auch noch ihre Rücken

aus dem Wasser strecken, konnte das Wasser in der Teichmitte nicht richtig zufrieren!“
Da sahen sich die Männer und Frauen verdutzt an, richteten ihre Blicke dann mit einem ungläubigen Ausdruck zu den beiden Geschwistern hin, und gleich mehrere Frauen sprachen fast wie im Chor zu Kriemhild und Stephan:
„Aber ja, wir wissen, was für ein Unglück hier auf dem Teich geschehen ist!
Alle in der Stadt haben es gehört, und die meisten Leute im Ort haben mit euch gefühlt und euch auch wirklich sehr bedauert.
Viele Bürger, auch einige von den umliegenden Dörfern, waren bei der Trauerfeier dabei, als der Pastor so tröstend predigte. Und die Beerdigung eurer lieben Kleinen haben auch viele von uns miterlebt! Der halbe Ort war an den Gräbern!“
„Aber was haben denn nun die Karpfen mit dem Tod der beiden Kinder zu tun?“, riefen nun mehrere andere in die Runde:
„Die Karpfen können doch nichts dafür!“
Einige der Männer sprachen dann weiter:
Seid ihr denn ganz von Sinnen? Wartet nur, ihr drei, ihr dummen Bauern, wir haben nach den Gendarmen geschickt. Sie werden bald hier sein,

und dann wird die Sache geklärt! Wir werden ja sehen, was dann mit euch passiert!“
„Und überhaupt“, so sprachen zwei Frauen aus dem Hintergrund der um Kriemhild und Stephan herumstehenden, „ihr habt am heiligen Sonntag die halbe Bevölkerung der Gemeinde in Unruhe versetzt“.
„Jawohl, wir fühlen uns in unserer Sonntagsruhe ganz erheblich gestört, durch euren Frefel hier am Stadtpark“, das meinte nun wieder ein älteres Ehepaar im Kreis der aufgebrachten Bürger, die eng beieinanderstanden.
„Ein Fischraub am Sonntagvormittag!“ Das ist ein Unding“, hörte man schließlich auch noch aus dem Hintergrund mehrere empörte Bürger laut in die Menge rufen.

Die Festnahme

Nun kamen immer mehr Menschen aus der kleinen Stadt an den Teich. Sie schwadronierten, sie diskutierten, sie schimpften und empörten sich.
Einige riefen in die Runde:
„Und was wird jetzt mit den toten Karpfen?"
Andere meinten sogleich:
Ja, wäre Weihnachten, dann würde sich der Fischhändler freuen, aber jetzt, im Spätsommer, wer von uns will denn da Karpfen essen?"

Jetzt hörte man auch die gleichmäßigen, kräftigen Schritte der Gendarmen aus der Ferne.
In der strahlenden Sonne sahen die vier, in Zweierreihen eilig im Gleichschritt voranmarschierend, und an den Teich herankommend, wie bunt glitzernde, große Zinnsoldaten aus.
Einer von ihnen trug sogar ein langes Vorderlader-Gewehr und hatte auch den dazu gehörenden Ladestock über seine Schulter gehängt.
An seinem schwarzen Lederkoppel, woran an

der einen Seite ein Beutel, gefüllt mit Kugeln, und auf der anderen Hüftseite das Pulverhorn herabhing, trug er zur Unterstützung noch einen schmaleren, schräg über seine Brust verlaufenden, ebenfalls schwarzen Trageriemen. Mit ihren kobaltblauen Uniformröcken, den goldglitzernden Knopfreihen, den Ärmeln mit scharlachroten Manschetten, und den schwarz gelackten Zweispitzen mit der Kokarde in den preußischen Farben, waren sie schon ein beeindruckender Anblick. Dazu trugen sie ihre tintenblauen, engen Hosen und dunkle, glänzende Lederschäfte, die in der Sonne, beim Marschieren, wie sich bewegende Spiegel glänzten.
Alle vier hatten natürlich ihre schwarzen Lederkoppel umgeschnallt, und die polierten Messingschnallen blinkten. Einer von ihnen trug auch eine große, schwarze, lederne Umhängetasche, auf dem ein goldfarbiger preußischer Adler aufgemalt war. Der Anblick machte auf die kleine Bürgerversammlung als Protestschar am Teichufer einen mächtigen Eindruck! Jetzt wurde es ernst! Die bunte Truppe hielt an, und der Vorderste der kleinen Eskorte, er trug an den Unterarmen je zwei silberfarbige Winkel, ging

ohne zögern auf einen älteren Mann zu und fragte mit lauter, barscher Stimme:
„Wo sind die Übeltäter?“
„Na hier, die Bauernwitwe und ihre beiden Brüder vom Hof hinten an der Wegbiegung!“ Das meinte sogleich recht eindringlich sprechend eine Frau im schon fortgeschrittenen Alter.
„Da stehen sie!“, sagte ein anderer sogleich, und der Hauptsergeant wies, bestimmend, mit erhobenem, rechten Arm, seine Kameraden an:
„Nehmt sie alle drei mit! Ihr seid hiermit festgenommen! Ihr kommt mit auf die Wache!“
Dann warf er einen Blick auf den Haufen toter Karpfen, die im Gras neben der Bürgeransammlung lagen, und schüttelte bedächtig und verständnislos seinen Kopf:
„Kriemhild, Stephan und Thomas, ich kenne euch ja. Was soll ich schon sagen, ihr werdet vorläufig in Arrest genommen!“ Das sagte er ebenfalls im Kommandoton und blickte ernst, und in bestimmender Manier, die Festgenommenen an. Dann, einen Blick des Triumphes in die Runde der Zuschauer gerichtet, wobei sein Gesicht eine rote Färbung angenommen hatte,

befahl er zweien seiner Gendarmen:
„Den Wagen mit der Angel sowie die Netze und die Kescher zu überprüfen!
Und selbstverständlich die verendeten Karpfen gefälligst genau zu kontrollieren und zu zählen!“
Als die drei anderen Polizeigendarmen ihre Feststellungen beendet und die toten Karpfen aufgelistet hatten, hielten sie das Ergebnis in einer Protokollkladde fest. Weiter in die Zuschauerrunde blickend meinte der Anführer dann noch:
„Das Fuhrwerk mit den wilden Gäulen bringt gefälligst einer von euch Männern zurück auf den Hof und in den Stall!“
„Ach, wie gut, das noch die Magd da ist, die muss dann eben die Tiere allein versorgen“, sprach gleich daraufhin eine Frau im Hintergrund zu der immer noch aufgebrachten Zuschauerschar. Dann meinte wieder jemand, der sich nun an die drei vorläufig Festgenommenen regelrecht heran drückte, höhnisch, laut und voller Inbrunst:
„Das geschieht euch ganz recht!“

Nachdem der eine oder andere irgendwie, jedoch untereinander einvernehmlich, doch noch einen toten Karpfen ergattert hatte, beruhigte sich die Menge. Als sich die Leute langsam zerstreuten, und ein paar Frauen oder auch einige Männer dann einen Karpfen mitnahmen, und sich eiligst nach Hause begaben, wurde es wieder ruhiger am Stadtparkteich.

Die Gendarmen nahmen die drei Delinquenten in die Mitte, auf Fesseln hatte man verzichtet, und der Weg führte die Truppe in die Stadt zurück, wo sich alle erst einmal in der Wachstube des Reviers zusammenfanden.

Nach und nach kehrte danach wieder Frieden am Karpfenteich ein.

Zunächst erfolgte dann vom Hauptgendarm an seinen Vorgesetzten die Meldung:

„Herr Leutnant, ich melde: Drei Diebe auf frischer Tat ertappt und arretiert!“

Danach erfolgte sogleich der Bericht über den Fischraub an den Wachoffizier. Der Leiter des Reviers, und höherer Vorgesetzter der Gendarmen, wies die Gefangenen an, sich zu setzen.

Später wurden alle drei nacheinander zum Hergang befragt. Nach diesen Formalien ging man in einen anderen Raum, und der Revierschreiber setzte ein Protokoll auf.

Mehrmals wurden auch die Gendarmen vom Reviervorsteher zum Hergang befragt.
Kriemhild beharrte bei dem Verhör darauf, dass sie ihre Brüder zu der Plünderung des Fischteiches angestiftet, und sie um Mithilfe gebeten hatte. Jedoch der ältere ihrer Brüder, Stephan, bestand darauf, dass er die Ausführung des Planes übernommen, sich hauptsächlich die Vorbereitungen ausgedacht habe, und somit eigentlich der Haupttäter sei.
„Das wird die Gerichtsverhandlung ergeben. Unterschreibt das Protokoll!“
Erzürnt fuhr der Offizier fort:
„Der jüngere, Thomas, kann erst einmal gehen. Er möge sich dann später zur Verhandlung bei Gericht melden. Jetzt gehe er nach Hause und helfe bei der Hofwirtschaft!“
Nach einer weiteren Stunde und der Belehrung durch den Wachoffizier, den Amtsbezirk vorläufig nicht zu verlassen, konnten auch Kriemhild und ihr Bruder Stephan die Wache verlassen und heimwärts gehen.
Zuvor aber stellte sich der Wachoffizier breitbeinig vor die Geschwister und sprach mit ernster und lauter Stimme:

„Ich kenne euch und eure Familie schon lange. Fluchtgefahr schließe ich aus!
Ihr werdet vor Gericht gestellt, und die Sache wird dann beizeiten verhandelt!“

Die beiden Geschwister atmeten tief und erleichtert durch, und Kriemhild huschte sogar ein scheues Lächeln über ihr Gesicht.
Die beiden standen dann von den Stühlen auf, machten eine leichte Verbeugung vor dem Offizier und gingen in leicht gebückter Haltung, fast rückwärts, hinaus aus dem Protokollzimmer ins Freie vor das Wachlokal.
Stephan war nun auch ganz kleinlaut geworden und meinte auf dem Heimweg:
„Schwester, was haben wir nur getan? Wir sind doch arme Bauern. Die werden uns doch nicht in den Kerker stecken? Und was wird dann aus unserem Hof? Unser Bruder Thomas kann doch die viele Arbeit nicht allein schaffen! Oder wollen sie uns alle drei einsperren? Wer versorgt dann unseren Bauernbetrieb?“

Das Unglück

Was war geschehen am Ende des vergangenen Novembers, als es immerhin für die Jahreszeit so kalt, des Nachts so frostig war, dass der Teich im Stadtpark fast zugefroren war?
Doch nur fast, denn so begann das Unglück:

Die Geschwister Phillip, acht Jahre alt, und Christina, die vier Jahre jüngere, waren damals mit ihrer alleinstehenden Mutter Kriemhild auf dem Weg von ihrem Hof in die Stadt. Dabei kamen sie am Stadtparkteich vorbei, blieben stehen und erkannten, dass der Teich mit Eis bedeckt, jedoch nicht gänzlich zugefroren war.
Die Freude darüber war bei den Kindern groß, denn sie sahen den Teich zu Beginn des Winters zum ersten Mal in diesem fast zugefrorenen Zustand.
Dieser Anblick beflügelte sogleich Phillips Fantasie, und spornte ihn zum Spielen an.
Nur etwa in der Mitte des Teiches, vermutlich an seiner tiefsten Stelle, sahen sie eine noch offene Wasserstelle. Sonst war das Eis schon beachtlich fest und dick, was Phillip sogleich bemerkte.

Übermütig liefen die beiden Kinder an den Saum des Stadtteiches, wo sie am Rand das Eis mit ihren Füßen prüften:
„Mama, das Eis ist schon ganz schön dick gefroren und richtig fest“, riefen sie ihrer Mutter zu, die auf dem Parkweg stehen geblieben war.
„Seid vorsichtig, meine Kinder! Passt bitte auf“, rief sie den beiden Geschwistern zu.

Die beiden Kinder schlugen jedoch den guten Rat der Mutter in den Wind, und es dauerte nicht lange, da setzte der Junge erst den einen und dann auch den anderen Fuß auf das Eis.
Seine Schwester, beeindruckt, wie mutig Phillip doch war, folgte ihm sogleich:
„Mama, das Eis hält, es ist schon richtig stark und fest“, frohlockte nun auch Christina, während ihr Bruder schon ein paar Schritte weiter auf der Eisfläche hin und her schlidderte.
„Seid vorsichtig, bleibt stehen, geht bloß nicht weiter! Dort zur Mitte hin trägt das Eis bestimmt noch nicht“, rief nun leicht besorgt Mutter Kriemhild ihren Kindern zu.
„Doch, Mama, hier an den Rändern trägt es uns gut“, antworteten sie und lachten dabei.

„Dürfen wir hier rutschen? Bitte Mama, lass uns doch hier ein bisschen rutschen, wir sind auch ganz vorsichtig, wir passen auf! Wirklich, Mama!“
Schon glitten und schlidderten die beiden auf dem Eis hin und her, und sie freuten sich und hatten ihren Spaß beim Rutschen.
„Mama, wir wollen hierbleiben!“, rief nun ganz übermütig Phillip seiner Mutter zu, die ein wenig ängstlich die Kinder bei ihrem Rutschvergnügen auf dem Eis beobachtete.
„Geh du nur in die Stadt, wir rutschen hier, und wenn du von deiner Schneiderin zurückkommst, gehen wir mit dir nach Hause“, frohlockte der Junge und war ganz in seine Spielfreude vertieft.

Mutter Kriemhild war jedoch unsicher, wobei sie einerseits mit ihren Kindern lachte, weil die so ungestüm auf der Eisfläche ihre Freude hatten, andererseits war sie auch ein wenig unsicher, und blickte abwechselnd ängstlich drein.
Sie wollte den Kindern ihren Spaß jedoch nicht verderben. Zu dieser Jahreszeit gab es ja für die beiden Kleinen nicht so viel Abwechslung. Und nach kurzem Zögern rief sie ihren Kindern zu:

„Also gut, versprecht mir, hoch und heilig, aufzupassen! Seht ihr dort das freie Wasser? Dass ihr mir da ja nicht hin rutscht, das ist gefährlich! Versprecht mir das, und treibt es nicht zu wild!"
„Ja, ja, Mama, wir passen auf, wir bleiben hier am Rand und bauen uns eine Rutschbahn!
Du kannst ruhig weggehen", meinten die Kinder und lachten dabei.
Die Geschwister waren nun schon ganz auf ihr Abenteuer auf dem Eis eingestellt.
Hocherfreut rief Philipp noch seiner Mutter zu:
„Mama, das macht uns solchen Spaß!
Wir passen auch ganz bestimmt auf!"
„Ja, Mama", rief daraufhin auch die kleine Christina und freute sich, weil sie immer sicherer auf dem Eis hin und her rutschte.

Mutter Kriemhild sah noch einen Moment zu, wie ihre beiden Lieblinge auf dem Eis dahinglitten, und auch sie hatte ihre Freude, zuzusehen, wie die Rutschpartien der beiden immer länger wurden.
Dann ging sie, sich noch ein paar Mal umschauend, der Stadt entgegen.

Sie wollte in das Geschäft an der Ecke zum Kirchplatz, zu der Schneiderwerkstatt von Frau Schönhals gehen, und ihr neues Kleid abholen. Seit nun schon fast einem Jahr trug sie ohnehin nur noch schwarze Kleidung und schwarze Kopftücher.

Mit der Zeit wurde für Phillip und Christina das Rutschen ein wenig eintönig. Und so erweiterten sie ihre Rutschbahn immer weiter in die Länge und in Richtung Teichmitte. Sie freuten sich und lachten dabei, wenn ihre glatte Rutschbahn immer länger wurde. Dabei feuerten sie sich gegenseitig an, weil ihre Rutschpartien auch immer schneller wurden.
Sie vergaßen alle Vorsicht und die Welt um sie herum. Sie alberten, lachten und freuten sich, und verdrängten in ihrem Spieleifer die Ermahnungen der Mutter.
Das eine oder andere Mal knackte es verdächtig auf der Eisfläche, aber in ihrer Freude an der Schlidderei ignorierten beide die Gefahr.
Einmal blieb Phillip am Ende der Rutschbahn länger stehen, weil er etwas sehr merkwürdiges

auf der freien Wasserfläche in der Mitte des Teiches entdeckt hatte:
„Da hinten, wo das freie Wasser ist, da sind lauter komische Wellen zu sehen“, rief er.
„Schau doch mal, Christina, jetzt sehe ich dunkle Fischrücken aus dem Wasser auftauchen!
Sie bewegen sich, und sie schwimmen auch ganz dicht an der Wasseroberfläche.
Komm, wir gehen mal weiter an die Stelle, dann kannst du auch die Fische sehen! Das Eis wird uns schon tragen!“
„Nein, ich trau mich nicht, Phillip, bleib stehen! Phillip, wir müssen vorsichtig sein, die Mutter hat es uns doch verboten, weiter zur Teichmitte zu gehen“, entgegnete die etwas ängstlich gewordene, kleine Christina.
„Komm doch, sei nicht feige, nur ein paar Meter. Sieh doch nur, was die Fische beim Schwimmen für Wellen machen!“
Und schon war Phillip wieder einige Schritte in die Richtung gegangen, wo im freien Wasser Fische an der Oberfläche ihre Kreise zogen.
„Knack“ und helltönend „Krrrr“ machte es jetzt häufiger, wenn er vorsichtig, aber von Neugier getrieben, seinen Fuß vor den anderen setzte.

„Trau dich, trau dich doch, Christina, komm! Das Eis trägt uns beide! Trau dich, trau dich doch! Komm, Christina“, rief er, und dabei drehte er sich zu seiner Schwester um, die einige Meter hinter ihm stand.
Dann rief er, wieder nach vorn schauend, begeistert und mit erstaunter Stimme laut aus:
„Ich glaube, das sind Karpfen! Die machen ja richtige Wellen beim Schwimmen! Sieh doch nur, Christina! Das sieht ganz komisch aus!“
Phillip hatte kaum seine Entdeckung ausgerufen, das krachte und knirschte das Eis, sein Körper machte eine halbe Drehung, gleichzeitig öffnete sich ein großer Spalt unter ihm, als täte sich eine Falltür auf, und der Junge versank im eiskalten Wasser. Noch während des Fallens, stieß er einen unwirklich grellen, kreischenden Schrei aus. Er fuchtelte mit den Armen und sein Oberkörper wandte und drehte sich, während er in dem eisigen Wasser versank. Seine Mütze schwamm bereits neben ihm auf dem Wasser.
Als sein Körper schon fast nicht mehr zu sehen war, und nur noch sein blonder Schopf aus dem Wasser herausragte, rief er, seine Arme in die Höhe streckend:

„Hilfe! Hilfe! Christina, so hilf mir doch! Hilfe! Christina, hilf mir doch!“
Dabei ruderte er noch ein paar Mal mit seinen hochgereckten Armen, warf seinen Oberkörper hin und her, aber nur kurz, dann war er ganz im dunklen, kalten, aufspritzendem und wabernden Wasser verschwunden.
Christina stand wie angewurzelt da. Sie blickte erstarrt auf die Stelle, wo eben noch ihr Bruder gestanden hatte, und lief dann, wie von Geisterhand gezogen, auf die Stelle zu, an der ihr Bruder verschwunden war.
Das Eis brach noch weiter, und auch sie versank in der nun noch größer gewordenen Eisspalte.
Beide waren, jetzt mit ihren Armen aneinandergeklammert, wie zwei sich hilfegebende Kindlein in großer Not, als sie im eiskalten, schwarzen Wasser untergingen.
Es war furchtbar tragisch, obwohl die Tragik ja schon nicht mehr zu überbieten war, als Kriemhild, die Mutter der Kinder, in dem Moment aus der Stadt zurück an den Ortsteich kam und mit zusehen musste, wie ihre beiden Kinder im Eis einbrachen. Sie sah direkt mit an, wie ihre Lieben in dem dunklen, kalten Wasser versanken.

In dem Moment, als das furchtbare Unglück geschah, als sie mit ansehen musste, wie ihre beiden Lieblinge verschwanden, wurde ihr vor Schreck ganz kurz schwarz vor den Augen.
Gerade noch setzte sie an, und wollte rufen: „Phillip, Christina!“, doch es war schon zu spät. Ihre Kinder waren nicht mehr zu sehen. Sie waren ganz plötzlich einfach verschwunden!
Es dauerte noch einmal viele Augenblicke, bis sie begriff, dass ihre Kinder eingebrochen und im kalten Wasser untergegangen waren.
Ihr Erschrecken war grenzenlos, und alles war auch irgendwie unwirklich für sie.
Ihr Paket mit dem Kleid fiel zu Boden, ohne dass sie es bemerkte. Erstarrt, ja, halb besinnungslos und völlig ungläubig stand Mutter Kriemhild noch etwa eine halbe Minute starr vor Schreck an der Unglückstelle. Dann lief sie eilig an den Rand des Eises am Teich, und mehrmals hin und her. Immer den Blick auf die Stelle gerichtet, an der sie ihre Kinder zuletzt gesehen hatte.
„Nein! Nein! Bitte, lieber Herrgott, nein“, bitte nicht! Hilfe!“, schrie es plötzlich aus ihr heraus: „Lass doch so etwas nicht geschehen!“
Dabei begann ihr Körper zu zittern und Schmerz

zuckte unregelmäßig durch ihren Körper.
„Bitte, bitte nicht, lieber Herrgott! Oh, nein, bitte! Nein!“
Sie sah, dass dort, wo kein Eis war, und sogar dort, wo ihre beiden Kinder eingebrochen und verschwunden waren, Karpfen ganz friedlich ihre Kreise an der Wasseroberfläche drehten, wobei sich jeweils hinter jedem von ihnen kleine Wellenberge auftürmten.
Bei den Karpfen, deren Rücken aus dem Wasser herausragten, geriet das Wasser richtig in Bewegung, und flache Wellen verliefen jeweils schräg, rechts und links hinter den schwimmenden Tieren, auf der Wasseroberfläche.

Dann lief Kriemhild auf den Weg zurück und schrie laut und immer lauter, mit sich heftig überschlagender Stimme:
„Hilfe! Hilfe, so helft mir doch! Hilfe! Meine Kinder sind im Teich ertrunken! Hilfe!“
Aber ihre Hilferufe wurden immer schwächer. Nach einer kurzen Pause, als sich ihr Körper schon vor Schreck, Schmerz und Panik krümmte, rief sie dann noch mehrmals:
„Hilfe, Hilfe, wieso hört mich denn keiner?
Meine kleinen Kinder sind ertrunken! Oh, Gott,

meine Kinder, was mache ich nur?“

Dann lief sie, so schnell sie konnte, auf dem erhöht verlaufenden Weg weiter, drehte sich jedoch noch einmal um und meinte, laut, völlig verzweifelt, und fast wahnsinnig in ihrem Schmerz zu sich selbst:

„Die Karpfen, diese verdammten Karpfen sind schuld, sie haben meine Kinder an die offene Wasserstelle gelockt!“

Einige Leute am Ortsrand hörten Kriemhilds verzweifelte Rufe. Mehrere Frauen und Männer, die glaubten, einen Hilfeschrei gehört zu haben, gingen jedoch ihrer gewohnten Tätigkeit weiter nach. Aber gleich mehrere Frauen in ihren Hausgärten liefen zum nahen Feuerwehrhaus am Stadtrand und berichteten ganz aufgeregt, was sie eben noch gehört hatten.

Sofort gab der Brandmeister Alarm. Dazu griff er ein herunterhängendes Seil, das vom Feuerwehr-Alarm-Glockenturm lose in den Geräteraum herabhing, und ließ die Sturmglocke heftig läuten. Er zog kräftig und fast eine Ewigkeit lang an dem Seil.

Einige Minuten später kamen ein paar kräftige,

große Männer in die Wache gestürmt.
Aufgebracht, jedoch mit klaren Worten, berichtete der Feuerwehrhauptmann, der an diesem Tag Brandwache hatte, dass Frauen vom Stadtparkteich her Hilferufe gehört hätten, und dass er meine, dass da etwas passiert sei.
Eilig zogen die Feuerwehrmänner nun lange, bis an die Brust reichende, lederne Hosen und auch hohe Lederstiefel an.
Sie vergaßen auch nicht, eilig ihre glänzend polierten, bronzenen Feuerwehrhelme aufzusetzen. Dann stürmten sie, dabei schnell noch eine lange Leiter und Stangen mit Pickeln daran greifend, aus der Wache, und liefen im Laufschritt in Richtung Teich.
Als sie in die Nähe des Parkteiches kamen, und in etwa verstanden hatten, was die verzweifelte, laut weinende, und überhastet stammelnde Kriemhild ihnen mitzuteilen versuchte, beeilten sie sich noch mehr.
Dabei ahnten die fünf Feuerwehrleute jedoch, dass ihre Hilfe zu spät kommen würde.

An dem Unglücksort mitten im Teich angekommen, konnten die Feuerwehrleute, mithilfe ihrer

Gerätschaften, die ertrunkenen Kinder nur noch tot bergen.
Kriemhild blieb in einiger Entfernung von dem Bergungstrupp stehen und wimmerte nun laut vor sich hin.
Dann kam ein Leiterwagen, mit einem Ackergaul davor, an den Rand des Teiches herangefahren. Ein weiterer, älterer Feuerwehrmann stieg von dem Fuhrwerk herab, und er half dabei, die beiden ertrunkenen Kinder, auf den Wagen zu legen. Inzwischen waren auch einige Zuschauer, meist Frauen, fassungslos und mit entsetztem Gesichtsausdruck, am Teich angelangt.
Die erfahrenen Feuerwehrmänner, die schon oftmals Zeugen und Helfer bei Bränden, Unheil und Tod gewesen waren, schwiegen beharrlich bei ihrer furchtbaren Arbeit.
Nur der ältere, der zuletzt mit dem Wagen herangekommene Wehrmann, ging zu Kriemhild hin und legte ihr schweigend seinen Arm auf ihre Schulter. Dann stieg er auf den Leiterwagen mit seiner grausigen Fracht. Er nahm die Zügel in die Hand, und die Fahrt begann zum Hof der Unglücksfamilie zum Birkenweg Nummer 1.
Kriemhild hielt sich mit beiden Händen und

an dem Leiterwagen fest, und hatte ihren Kopf gesenkt. Sie weinte nun leise jämmerlich vor sich hin und ließ sich mehr mitziehen, als dass sie lief.
Die Fahrt ging dann zu dem abseits des Ortes gelegenen Bauernhaus von Kriemhild und ihren Brüdern.
Dort wurden sie mit dem Wehgeschrei von der Bauernmagd empfangen, die sich ebenfalls wegen des Unheils nicht beruhigen konnte. Sie lief ungläubig, und verzweifelt, vom Haus her auf den Wagen zu, auf dem die beiden ertrunkenen Kinder Phillip und Christina wie blasse Puppen nebeneinanderlagen, und weinte und schrie jämmerlich.
Man hatte die beiden Geschwister nur notdürftig mit Jutesäcken zugedeckt, jedoch ihre kleinen Füßchen lagen dicht und aufgedeckt beieinander.
Die Brüder Stephan und Thomas rannten aufgebracht, wegen des lauten Geschreis, aus den Stallungen auf den Leiterwagen zu, schauten erschrocken den Feuerwehrmann auf dem Wagen an, sahen dann die Kinderfüße und auch die blassen Köpfchen ihrer Nichte und des Neffen,

und sie griffen sich vor Entsetzen bei den Händen. Keiner der beiden brachte erst einmal einen Ton heraus.
Bedrückt und mit betrübter Miene machte sich der alte Feuerwehrmann mit seinem Leiterwagen auf den Weg zurück zur Wache, nachdem er der Familie sein Beileid ausgesprochen hatte.
Kriemhild sowie ihre beiden Brüder blieben wehklagend im Haus, ebenso die treue Magd Hertha, die immer wieder laut weinte, und dabei auch auf die verfluchten Karpfen schimpfte.
Die beiden Frauen brauchten Stunden, um die Kinder in ihren Betten aufzubahren.
Dabei bewegten sie sich wie Gelähmte, und Weinkrämpfe schüttelten die Frauen bei ihrem letzten Dienst für ihre Lieben.
Die beiden Brüder gingen dann später schweigend in die Ställe, um so gut es ging ihrer Arbeit nachzugehen, und die Tiere zu füttern.
Auch bei ihnen liefen, während sie ihre tägliche Arbeit in einem wie unter Schock stehenden Zustand verrichteten, ein paar Tränen die Wangen hinunter.
Als Kriemhilds Brüder Stephan und Thomas dann später, nach der Versorgung der Tiere, im Haus

zurück waren, und Hertha im Stall unter stetigem Schluchzen die beiden Kühe gemolken hatte, schickte Kriemhild danach ihre treue Magd nach dem Pastor.
Kerzen wurden aufgestellt, und als der Seelsorger am frühen Abend bei ihnen war, wurde gemeinsam gebetet. Sonst sprach keiner der drei Geschwister mehr ein Wort.
Auch der Pastor konnte vor Entsetzen und vor Trauer nur wenige tröstende Worte an die Familie richten. Am Ende, nach einem gemeinsam gebeteten „Vater unser…“ sprach der Pastor zu den trauernden Anwesenden:
„Liebe Witwe Kinnigkeit und ihr guten Brüder Hansemann, meine treue Hertha:
Ich kann Euch gar nicht sagen, wie mich das dauert. Unser Herrgott hat Euch und Eurer Familie eine so schwere Prüfung auferlegt, ein solches Opfer von Euch gefordert, dass es uns Menschen sprachlos macht. Dennoch müssen wir in Ehrfurcht vor dem Herrn, und in der Barmherzigkeit des Glaubens an den Schöpfer, in solch schweren Stunden uns selbst treu und ergeben bleiben, und uns so Gottes Willen beugen.“

Der Pastor war schon längst wieder fortgeritten, da meinte Kriemhild am späten Abend zu ihrem Bruder Stephan, dass sie denke, ihre Kinder seien wegen der Karpfen im Teich ertrunken:
„Die schwimmen doch meist oben, machen Wellen, deshalb konnte das Wasser im Teich nicht richtig zufrieren!“
Vorläufig schwiegen ihre Brüder jedoch zu dieser Meinung ihrer Schwester.
Noch später am Abend kam auch der Doktor auf seinem Pferd zu der Unglücksfamilie und schrieb in der Bauernküche, beim Licht der Petroleumlampe, die Totenscheine aus.
Er bekundete sein tief empfundenes Beileid, sprach aber sonst nicht viel. Wie, mit welchen Worten, sollte jemand die arme Mutter und die anderen Familienmitglieder trösten?
Zwei Tage später, nach dem Trauergottesdienst, bei dem die Stadtkirche voll von mitfühlenden Menschen war, die der feierlichen, tröstenden Rede des Pastors gelauscht, und andachtsvoll fromme Kirchenlieder gesungen hatten, eilten die Gläubigen, voll von schweren Gedanken, zurück zu ihren Familien.
Die mit weißem Tuch ausgeschlagenen, offenen

Särge mit den beiden kleinen, ertrunkenen Kindern standen nun im Altarraum zur Betrachtung für die andächtigen Besucher der Gemeinde.
Die Beerdigung fand einen Tag später statt. Unter Anteilnahme der unter Schock stehenden Stadtbewohner, wurden die Kinder zusammen in einem Familiengrab, bei leichtem Schneefall beigesetzt. Die Friedhofbesucher glichen in ihrer Trauer um die beiden unschuldigen, kleinen Geschwister, einer bedrückten, tief bewegten und traurigen Mitleid-Gesellschaft.

An den folgenden Tagen verlief der Alltag erst einmal wie gewohnt. Jedoch vermissten alle auf dem Hof das Lachen von Christina und Phillip.
Nach der Beerdigung der beiden Kinder, und nachdem sich auch die Menschen in der kleinen Stadt allmählich von dem Unglück am Teich, zu Beginn des Winters erholt, und die Menschen das Geschehene fast verdrängt hatten, begann alles wieder seinen geregelten Gang zu gehen.
Ja, es war schon so: Ein solches Unglück, bei einer der Familien unter ihnen, hatte der kleine Ort noch nie erlebt! Dennoch kehrte auch die verstörte und trauernde Bauernfamilie mit ihrer

Magd wieder einigermaßen zu ihrer geordneten Lebensweise zurück. Jedoch konnte manch einer in der kleinen Stadt immer noch nicht verstehen, warum die Mutter ihre beiden Kinder so ganz unbeaufsichtigt einer solchen Gefahr ausgesetzt, und sie allein auf dem brüchigen Eis des Teiches hatte spielen lassen.
„Sie waren doch noch so jung und so klein!"
Das hörte man allenthalben im Ort.
Die Menschen, hauptsächlich die Frauen und Mütter, aber auch so mancher Vater, und so mancher Mann in der kleinen Stadt, tuschelten wegen des furchtbaren Ereignisses. Besonders dann, wenn sich ein Familienmitglied der unglücklichen Bauernfamilie gelegentlich in der Stadt aufhielt.
Mutter Kriemhild und ihre Brüder kümmerten sich jedoch nicht um das Gerede. Und wie eh und je gingen sie ihrer Arbeit in Haus und Hof, auf dem Feld und in den Wiesen sowie der Versorgung ihrer Tiere nach.
Oftmals jedoch weinte Kriemhild still vor sich hin. Dabei war ihr bewusst, dass sie und ihre Brüder, in diesem Jahr und wohl auch zukünftig, das traurigste und trostloseste Weihnachtsfest

begehen würden, das sie alle je erlebt hatten.
Die Kinder fehlten ihnen allen so sehr, und selbst ihr alter, zerzauster Hofhund schien zu trauern, denn er fraß seit dem Unglück nur noch sehr wenig. Er lag oft selbst am Tag leise winselnd in seiner Hundehütte und zerrte jetzt auch mehr als früher an seiner Kette.
Stephan und Thomas, die beiden Brüder von Kriemhild, wurden immer mürrischer, und es fiel auch schon einmal unter ihnen ein Satz wie:
„Hätte unsere Schwester nicht bei den Kindern bleiben müssen?“ Oder auch:
„Seit sie Witwe wurde, hat sie Christina und Phillip viel zu sehr verwöhnt. Immer mehr hat sie den Kindern ihren Willen gelassen und ihnen nachgegeben...“
Und dann, mit der Zeit, begann in Kriemhild ein Gedanke zu keimen, der ihr nur am Anfang abwegig vorkam: Sie dachte immer häufiger daran, die Karpfen im Teich zu töten, um sich an ihnen zu rächen:
„Das Unglück muss gesühnt werden!“, redete sie sich öfter und öfter ein, und dann malte sie sich mehr und mehr aus, wie sie mithilfe ihrer Brüder Rache an den Fischen nehmen, und so viele

Karpfen wie nur möglich töten würde.

Kriemhilds Mann, Hermann Kinnigkeit, war auch schon seit fast einem Jahr nicht mehr unter ihnen. Sein Tod als angeworbener Kämpfer in der großen Dreikaiserschlacht von Austerlitz im Dezember des Jahres 1805, nachdem er freiwillig mit den Truppen Napoleons in den Krieg gezogen war, hatte die Familie hart getroffen.
Er war einer der vielen verpflichteten, der vielen gefallenen Hilfstruppen-Soldaten. Preußen war in diesem Krieg und in dieser Schlacht neutral geblieben. Dennoch wollten viele Bauern bei den napoleonischen Truppen, mehr oder weniger aus Überzeugung, auch wegen der gewonnenen Freiheiten französischer Bauern, und durch die Möglichkeit, einen Sold zu erhalten, als Mitkämpfer an der Schlacht teilnehmen.
Tatsächlich wurden jedoch auch viele von ihnen durch die französischen Besatzer als Söldner verpflichtet.
*3)

Kriemhild, mit ihren Kindern, hatte der Sieg Napoleons nur Kummer gebracht.

Sie war nun Witwe und musste ihre beiden Kleinen allein groß ziehen.

Dazu kam, dass das Land Preußen weiterhin von den Franzosen besetzt war.

Als Witwe mit Kindern war sie noch mehr auf die Hilfe und die Arbeitskraft ihrer Brüder angewiesen.
Nach dem zweiten Baseler Friedensdekret von 1806 wurden sie endlich auch freie Bauern.
Viele andere Bauern hatten danach auch die Möglichkeit, sich von ihren Fronherren mittels Schuldverschreibungen loszukaufen.
Die Verschuldung führte jedoch oftmals zu noch mehr Elend. Auch deshalb zogen dann Bauern in die Städte und verdingten sich als Gelegenheitsarbeiter.
Ihre Eltern waren schon vor vielen Jahren siech und krank gewesen, und beide starben dann auch recht bald hintereinander.
Sie hatten noch unter der Leibeigenschaft von mächtigen preußischen Domänenbesitzern ein schweres und arbeitsreiches Leben führen müssen. Den Bauernhof führten die drei Geschwister

dann gemeinsam, und Kriemhilds Kinder waren ihre große Hoffnung gewesen. Auch deshalb, weil ihr Sohn Phillip später als Hoferbe den Besitz weiterführen sollte. Kriemhild hatte sich immer vorgestellt, dass ihr lieber Sohn, wenn er alt genug geworden wäre, den Bauernhof gut führen würde. Auch, dass sie später im Alter, nach dem beschwerlichen Dasein als Witwe, ein ruhigeres Leben führen könnte.

Ihre Tochter Christina, so stellte sie sich auch immer vor, sollte sich dann einen braven Bauern zum Mann nehmen. Möglichst einen, dessen Felder und Wiesen an ihre eigenen heranreichten.

Dann wäre es ein richtig großes Bauernanwesen geworden, davon träumte Kriemhild oft, und das wünschte sie sich. Später könnte sie dann ihre Brüder, zumindest den Stephan, ausbezahlen.

Ihrem Bruder Thomas stand sie viel näher.

Er sollte bei ihr auf dem Hof bleiben.

Ihre treue Magd Hertha war ja schon viele Jahre an ihrer Seite, und für einen Knecht wäre dann auch noch ein Platz auf ihrem Hof gewesen.

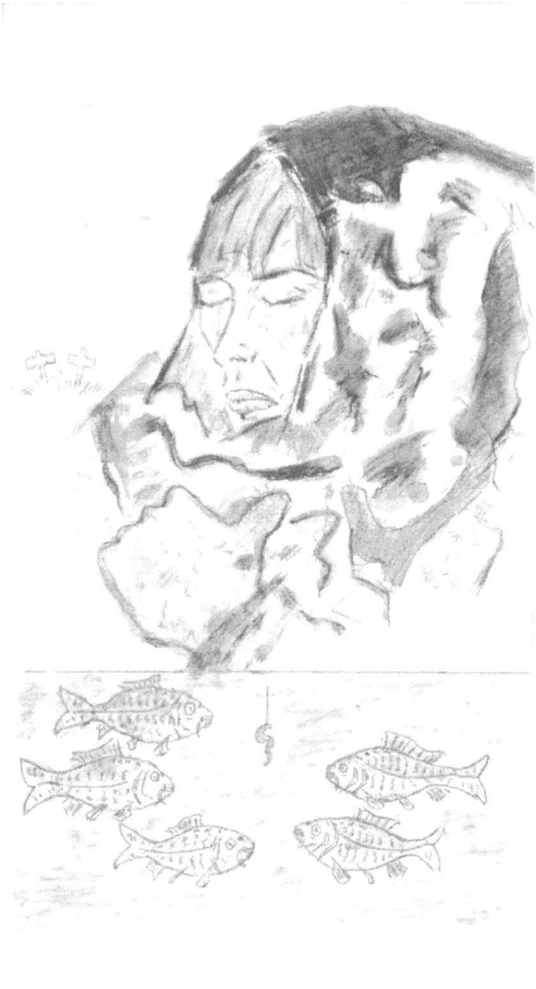

Die Gerichtsverhandlung

Anfang Mai, im darauffolgenden Jahr, kam der Amtsbote auf seinem Pferd zu ihnen auf den Hof geritten, und übergab Kriemhild ein amtliches Schreiben.

Darin wurde vom Stadtgericht verfügt, dass sie und ihre beiden Brüder, alle drei mit ihren vollen Namen benannt, am kommenden Mittwoch, im Mai des Jahres 1807, zur Gerichtsverhandlung im Saal 2 des Stadtgerichts um neun Uhr vormittags, zur Verhandlung zu erscheinen hätten.

Als Hauptangeklagte war Kriemhild benannt, und ein Verteidiger namens Dr. Quellmoos sei ihnen zugewiesen worden.

Nachdem die Übergabe des Papiers, gekennzeichnet mit dem aufgedruckten preußischen Adler auf der Vorderseite, von Kriemhild quittiert worden war, ging sie damit in die Bauernstube und legte die Vorladung erst einmal in die Schublade der Anrichte.

Abends, nach dem Essen, als alle Geschwister noch um den Küchentisch saßen, stand Kriemhild unerwartet auf, holte das Papier aus der

Bauernstube und legte es den Brüdern vor.
Nur der ältere der beiden Männer konnte mit Mühe lesen, Kriemhild und der jüngere Bruder Thomas hatten große Schwierigkeiten mit dem Entziffern von Buchstaben, sie konnten gerade ihre Namen schreiben.
Die Magd war zu dieser Zeit draußen, um nach dem Hofhund zu schauen, und um ihm ein paar ausgebeinte Knochen und gestampfte Kartoffeln mit Bratensoße in einem Blechnapf hinzustellen. Danach wollte sie sich in ihre Kammer zurückziehen und zu Bett gehen.
Nachdem Kriemhild sich wieder zu ihren Brüdern gesetzt hatte, faltete sie das Papier auf dem Küchentisch auseinander, strich glättend darüber und blickte dabei Stephan und Thomas verlegen an.
Die beiden Brüder machten fragend aussehende Gesichter, und eine dumpfe Vorahnung schien sie zu überkommen. Kriemhild und Thomas, die das Geschriebene nicht vorlesen konnten, übergaben es dem älteren Bruder, und so fing Stephan an, den beiden mit Mühe den Text des Dokuments vorzutragen.

Als er geendet hatte, meinte Stephan zunächst, dass er doch eigentlich derjenige gewesen sei, der mit ihr den Plan ausbaldowert hatte, die Karpfen einzufangen. Ihren Bruder Thomas hatten die beiden älteren Geschwister ja erst später zum Mitmachen aufgefordert.

Thomas Hansemann sagte vorläufig nichts dazu, dass sie alle drei vor Gericht erscheinen mussten. Irgendwie wollte er noch nicht wahrhaben, dass sie etwas Unrechtes und Ungesetzliches getan hatten.
Eine gewisse Ratlosigkeit machte sich nun zwischen ihnen breit, und so schwiegen sie noch lange, und betrachteten dabei die Unheil verkündenden Papiere auf dem Küchentisch.

Am frühen Morgen des 17. Mai 1807 hatte Thomas den einachsigen Wagen mit den beiden Pferden Hass und Willkür angespannt.
Kriemhild und ihre Brüder kamen, angezogen mit ihrer schlichten, dunklen Sonntagskleidung und bestiegen gemeinsam den Wagen.

Jetzt führte Thomas die Zügel, und so fuhren sie in die nahe Stadt zum Gericht.
Dort wurden sie von einigen neugierigen Bürgern mit skeptischen Blicken und zotigen Rufen erwartet.
Die Geschwister kümmerten sich jedoch nicht um die teils aufgebrachte Menge.

Sie stiegen von ihrem Wagen ab, banden die Pferde mit dem Gefährt an einen Baum hinter dem Gebäude an und gingen die breite Steintreppe hinauf ins Stadtgericht.
Der Pförtner in der kleinen Loge in der großen Vorhalle ließ sich sogleich die Ladung vorzeigen.
Dann forderte er die drei Geschwister auf, im oberen Stockwerk das Amtszimmer mit der Nummer 21 aufzusuchen:
„Dort wartet bereits der Herr Rechtsanwalt Dr. Quellmoos auf Euch“, sprach er nun sehr wichtigtuerisch und machte dabei ein grimmiges Gesicht.
Vor dem Eintreten nahmen die beiden Bauernburschen ihre schlichten, grauen Ballonmützen von den Köpfen und hielten sie mit beiden Händen verkrampft vor ihre Brust.

Es wirkte so, als bedeckten sie mit ihren Kopfbedeckungen in einer Abwehrhaltung sich und ihre einfache, dunkle Sonntagskluft.
Ihr Gesichtsausdruck wirkte eingeschüchtert, als sie zaghaft an die Türe klopften:
„Herein! Kommen Sie herein!“, hörten sie eine ruhige, aber feste Stimme, und sie betraten sogleich das schlicht eingerichtete Besprechungszimmer.
In dem Amtsraum empfing sie ihr Pflichtverteidiger Dr. Quellmoos mit einem höflichen: „Guten Morgen“, und bedeutete ihnen dann: „dass sie sich alle drei sogleich an den Tisch setzen und ihm in der Vorbesprechung nochmals ihre Absichten und den Vorgang dieses Fischfangens mitteilen sollten“.
Er hatte eine Abschrift des Protokolls vor sich auf dem schlichten Eichentisch liegen und forderte Kriemhild nun auf, dass sie ihm ihre Sicht des Tatherganges berichten, und vor allem wahrheitsgemäß und reinen Gewissens das Geschehen, unabhängig vom Inhalt des Protokolls, doch noch einmal darstellen solle.
Es war ein karg eingerichtetes Zimmer, denn außer Tisch und Stühlen stand da nur noch ein

geschlossener Aktenschrank an einer Wand.
Dieses Vorgespräch dauerte natürlich seine Zeit.
Zwei eingebundene Aktenstöße lagen auf dem Blanken Tisch. In einer länglichen Schale auch Federkiele sowie ein geschlossenes Tintenfass, ein Tiegelchen mit Löschsand und Papierbögen.
Als Kriemhild zu der Schilderung kam, wie sie ihre Brüder zur Mithilfe beim Fangen der Karpfen aufgefordert hatte, weil sie der Meinung war, dass die am Tode ihrer Kinder Schuld hätten, blickte der Anwalt sie verdutzt und ungläubig an. Er rutschte plötzlich verärgert auf seinem Stuhl hin und her.
Dann mischte sich Stephan in das Gespräch ein und beharrte darauf, dass er bei der Vorbereitung und Ausführung der Tat die Hauptrolle übernommen hatte:
„Ich wollte meiner Schwester helfen, weil sie immer wieder davon sprach, dass die Tötung der Karpfen ihr nur gerecht erscheinen würde, weil die Fische Schuld daran hatten, dass unser Neffe und die Nichte umgekommen sind.
Kriemhild sagte immer wieder zu mir, und auch zu meinem Bruder Thomas, dass sie nicht eher ruhig schlafen könnte, bis die Tiere aus dem

Teich gefangen wären. Erst dann würde der Tod ihrer Kinder gerächt sein."

Dr. Quellmoos sagte zu dieser Einschätzung von Stephan kein Wort.

Thomas schwieg die ganze Zeit und schaute aus dem Fenster des Büros.

Der Anwalt hatte den Eindruck, dass der jüngere Bruder nicht so recht wusste, warum sie hier kurz vor ihrer Verhandlung den Vormittag im Gerichtsgebäude verbringen mussten:

„Wird die Verhandlung lange dauern, Herr Anwalt? Die Arbeit auf dem Hof wartet auf uns!"

Auch dazu sagte der Pflichtverteidiger nichts, sondern schüttelte nur leicht den Kopf.

Er meinte dann an Kriemhild gerichtet:

„Ich werde versuchen, das Gericht davon zu überzeugen, dass ihr drei aufgrund des schmerzlichen Verlustes der Kinder die Tat in einer Art verzweifelter, panischer, unzurechnungsfähiger Situation begangen habt. Ihre Brüder sind ja ebenfalls so von dem Verlustschmerz betroffen gewesen, Frau Kinnigkeit, sodass sie Ihnen bedingungslos bei der Ausführung der Tat geholfen haben."

Damit war die Besprechung erst einmal beendet. Dr. Quellmoos machte sich noch ein paar Notizen und wies seine Mandanten an, sich ganz pünktlich um neun Uhr im Verhandlungssaal 2 einzufinden.
„Schauen Sie dem Richter und vor allem dem Staatsanwalt immer gerade ins Gesicht, wenn Fragen an Sie gestellt werden, und wenn Sie aufgefordert werden, zu antworten“, ermahnte er die Geschwister und fuhr dann fort:
„Ich versuche so gut es geht, das Gericht davon zu überzeugen, dass ihr in einem gewaltiggroßen, emotionalen Zustand gehandelt habt. Geht jetzt eilig und setzt euch im Verhandlungssaal auf die vorderste Bank!“
Damit war die Vorbesprechung zu Ende, und Kriemhild, Stephan und Thomas begaben sich auf den langen Flur, gingen die prächtig verzierte, breite Holztreppe hinunter ins Erdgeschoss des Stadtgerichts und suchten den Saal 2 des Gebäudes auf.
Auf ihrem Weg betrachteten sie beeindruckt die stuckverzierten Wände und die kleinen Marmorstatuen, die in Nischen zu sehen waren, und bedeutende Männer und Frauen aus vergangenen

Zeiten darstellten. Sie wussten jedoch nicht, um wen es sich jeweils handelte, und warum diese Herrschaften wohl auf diese Weise verewigt worden waren. Auch die getäfelten,
mit Schnitzereien verzierten Edelholzwände und die zusätzlich verzierten, dunklen Holzdecken beeindruckten sie.
Keiner von ihnen war je in seinem Leben in einem solchen Gebäude gewesen. Auch bei Thomas stellten sich nun eine ernste Grundstimmung, jedoch auch das Gefühl der Unsicherheit ein.

Mit diesen Eindrücken, und in ängstlicher Erwartung der kommenden Stunden, betraten sie dann den Verhandlungssaal.
Als sie die breite, schwere Tür des Verhandlungssaales hinter sich schlossen, blickten die drei auf mehrere Bankreihen, auf denen bereits viele Bürger, meist Frauen aus verschiedenen Schichten, Platz genommen hatten. Einige von ihnen trugen schlichte, lange Kostüme aus feinem Stoff mit stoffüberzogenen Knopfreihen und weiten, faltenreiche Umhängen.
Es waren gut gekleidete Bürgersfrauen, was an

ihren prächtigen, ausladenden Hüten, mit bunten Federbüscheln, zu erkennen war.
Nur einige wenige von ihnen hatten farbige, drapierte Kopftücher auf, die ihre Haare nur knapp verhüllten.
Einige der vornehmen, älteren Damen, die mit den großen Hüten, hatten ihre Gesichter sogar geschminkt und auch leicht gepudert.
Zwischendrin saßen dort noch einige ältere Herren mit runden, zylinderartig geformten Stutzer-Hüten auf ihren Köpfen.
Zwei oder drei trugen sogar helle, gelockte Perücken unter ihren dunklen Zweispitz-Hüten.
Andere, jüngere, ernst dreinblickende Männer, hatten ihre Stände-Handwerkeranzüge an und Ballonmützen aufgesetzt. Wieder andere, aus den gehobenen Schichten, trugen sehr vornehme Zweispitze auf ihren Häuptern.
Auch ein paar Frauen aus dem Bauernstand mit einfachen, dunklen Leinenkleidern und dunklen, wallenden Umhängen und schwarzen Kopftüchern, die jeweils unter ihrem Kinn verschlungen waren, saßen unter den Zuschauern.
Fast alle schauten jetzt zu den Geschwistern hin, die eilig und verschämt in der vordersten Bank

Platz genommen hatten. Natürlich quälte die Geschwister zunehmend ein unangenehmes Gefühl, als ihnen gewahr wurde, dass die Zuschauer sie mit ihren Blicken verfolgten.
Auch deshalb, weil ihnen nunmehr deutlich bewusst wurde, dass sie auf der Anklagebank saßen.

Ein Raunen ging nun durch den Gerichtssaal.
Der Gerichtsdiener stand wie ein Wachsoldat neben der Eingangstür und blickte stur geradeaus. Er trug eine schwarze Hose mit schmalen, roten Biesen an den Seiten und halbhohe, schwarz glänzende Stiefel. Sein tintenblauer, schlichter Rock mit den roten Ärmelaufschlägen und die goldfarbene, senkrechte Sechser-Knopfreihe wiesen ihn als einfache, jedoch wegen seiner Funktion als wichtige Amtsperson aus. Auf dem Kopf trug er einen schwarz gelackten Zweispitz, der noch mit einem schmalen, schwarzen Lederband sowie einer goldglänzenden, schmalen Schnalle, quer über dem Hut verlaufend, verziert war. Seine Hände, die in weißgrauen Handschuhen steckten, hatte er vor seinem Körper übereinander gelegt.

Die Geschwister saßen mit zunehmend recht bedrückten Gesichtern, zunächst leicht nach vorne gebeugt, auf ihren Plätzen.
Dann schauten sie sich im Saal um, und stellten fest, dass es ein großer, prächtig ausgeschmückter Raum war. Sie waren ja alle drei noch nie in einer solchen Situation gewesen und hatten daher noch nie in einem Verhandlungsraum gesessen.
Ihre Blicke schweiften über die Decke aus dunklem Holz.
Dann blickten sie abwechselnd immer wieder auf den riesigen, breiten, mit geschnitzten Figuren und Ornamenten versehenen Richtertisch. Es kam ihnen so vor, als wäre er breiter, als die Länge ihrer Stube zu Hause. Außerdem stand er zwei Stufen erhöht, auf einem die ganze Breite des Saales ausmachendem Podest.
Davor verlief eine reich verzierte, hüfthohe Holzschranke. Auch die Wände des Raumes waren mit dunklem Holz getäfelt.
Dadurch wirkte der Verhandlungssaal düster und irgendwie bedrückend auf sie. Hinter dem Richterpult standen fünf riesige Stühle mit hohen Lehnen, ausgekleidet mit rotem Samt.

Der mittlere der fünf Stühle, eher ein Sessel, hatte zusätzlich mächtig wirkende Armlehnen, an deren zwei Enden nach vorn hin jeweils ein vergoldeter, geschnitzter Löwenkopf prangte.
An der Seite, an der die mächtige, mit Intarsien verzierte Tür zum Flur hin führte, standen noch einmal zwei Stühle in der Art, wie sie auch hinter dem Richtertisch angeordnet waren, nur war der eine davon, der gleich neben der Tür stand, etwas schlichter, und ohne Samtauskleidung gearbeitet.
Daneben stand jetzt der Gerichtsdiener und bewegte immer noch keines seiner Glieder oder veränderte irgendwie seinen Gesichtsausdruck.
Die riesigen, vier Fenster, erinnerten die Geschwister an Kirchenfenster. Sie hatten jedoch kein buntes Glas, sondern waren mit gelblich schimmernden Scheiben und im oberen Teil sowie im unteren Viertel mit rundem, bernsteinfarbigem Butzenglas ausgefüllt. Alles in allem war die Atmosphäre beängstigend, düster und erdrückend.
Bei den Geschwistern, besonders bei Kriemhild, kam mehr und mehr ein beklemmendes, ängstliches Gefühl auf. Immer wieder ging ihr Blick

auch zu der dunklen Holztür links hinter die mächtigen Richterpultplätze. Aber noch passierte gar nichts weiter. Dann schweifte der Blick der drei vorn Sitzenden zu dem riesigen, in Öl gemalten und einem breiten, schwarz gelackten Rahmen umrandeten Bild an der Wand hinter dem Richterpult, auf dem der preußische Adler abgebildet war. Am unteren Rand des Bildes waren in geschwungener Schrift die Worte: „Ehre – Treue – Pflichterfüllung“ zu lesen.

Ihr Blick richtete sich dann auf die vielen an den Seiten angebrachten, bronzenen, verzierten Wandhalter, die, mit dicken Wachskerzen bestückt, an den Wänden rundherum angeordnet waren. Auch auf dem Richterpult mit der riesigen Platte standen drei Standleuchter mit jeweils vier Armen, die mit dicken Kerzen versehen waren.

Alle im Raum wurden nun immer stiller, und die Spannung der Zuhörer vor Prozessbeginn nahm zu.

Es dauerte bei Kriemhild eine Weile, bis sie den Zweck der links und rechts vor dem Richtertisch angeordneten beiden Stehpulte zuordnen konnte.

Jeweils hinter diesen hohen Pulten waren kleinere Podeste mit einer Trittstufe.
Auf den Podesten stand hinter jedem Pult ein fein verzierter, eichener Stuhl.
Es waren die Plätze des Staatsanwaltes, und ihm gegenüber der des Verteidigers.

Plötzlich wurde die Eingangstür aufgerissen, und völlig unerwartet stand dort in steifer Haltung ein französischer Offizier. Alle erhoben sich, woraufhin die Männer allesamt ihre Kopfbedeckungen
herunternahmen und sie in ihren Händen hielten.
Der Offizier machte eine knappe Verbeugung, legte seine rechte Hand zum militärischen Gruß an seinen Zweispitz und stellte sich, forsch in seinen Bewegungen, vor den prächtigen Stuhl an der Wandseite. Anschließend nahmen alle Besucher wieder Platz.
Der Offizier hatte kantige Gesichtszüge und dunkle Augen mit schwarzen, buschigen Augenbrauen, die angespannt den Raum und die Menschen in Augenschein nahmen. Sein dunkles, gewelltes Haar war modisch zurückgekämmt,

und ein keckes, schwarz-graues Zwirbelbärtchen zierte das braun getönte Gesicht.
Seine französische Uniform mit dem blauen Rock, auf dessen Schultern prächtige, goldglänzende Quasten angebracht waren, zeichnete ihn als Stabsoffizier aus. Die vergoldeten, senkrechten Doppelknopfreihen an seiner blauen Uniformjacke, die weißen, engen Hosen, das mit goldenen Kordeln durchwirkte Koppel, an dessen Schnalle die Initialen „RF" golden blinkte, beeindruckte die Zuschauer und schüchterte die Meisten von ihnen gleichzeitig auch ein wenig ein.
Es war für fast alle Anwesenden ein erhabener Anblick. Die Ärmel zierten im unteren Teil je drei übereinander und ineinander verschlungene, goldene Streifen, die ihn als Colonel auswiesen. Weiter trug er hohe, schwarze, polierte Schaftstiefel, an denen feine, silberglänzende Sporen prangten. Auf seiner linken Brustseite sah man drei verschiedene, bunt glitzernde, sternförmige Orden, und oberhalb der Hüfte trug er an der rechten Seite eine große Kokarde in den französischen Nationalfarben.

Kaum stand der den Leuten im Verhandlungssaal so Ehrfurcht einflößende Offizier still an seinem Platz, den mit dunkelblauer Seide überzogenen Zweispitz nunmehr mit der linken Hand in Taillenhöhe haltend, öffnete sich die dunkle Tür in der Ecke des Raumes hinter dem Richterpult. Sogleich rief der Gerichtsdiener in den Verhandlungssaal:
„Das hohe Gericht!“
Dabei deutete er mit strengem Gesichtsausdruck und einer knappen Bewegung mit seinen behandschuhten Händen an, dass sich alle im Raum erheben sollten.
Voraus schritt nun der Richter in seiner schwarzen Robe, aus dessen Halsausschnitt ein steifer, weißer Stehkragen schaute, und einem durchwirkten, weißen Tuch, das in einem Knoten gebunden war, und auf seine Brust fiel.
Ganz ähnlich gekleidet schritten zwei weitere Gerichtsherren sowie der Staatsanwalt und der Verteidiger hinter dem Richter in den Verhandlungsraum zu ihren Stühlen hinter dem Richtertisch oder die Pulte.
Der Vorsitzende, über seiner Robe zusätzlich eine diagonal verlaufende schwarz-, weiß-, rote

Schärpe zurechtrückend, hatte einen strengen Gesichtsausdruck, ebenso wie die anderen Juristen.
Die Schärpe zeigte die preußischen Farben.
Die Hereingekommenen, ihre Akten mit diversen Unterlagen vor sich ablegend, standen nun einen kurzen Moment still an ihren Plätzen. Dann ging abermals die Tür zum Verhandlungsraum auf, und ein jüngerer Mann, ebenfalls mit einer Robe bekleidet, jedoch ohne Zweispitz, mit zu einem Zopf gebundenen, und von einer schwarzen Samtschleife gehaltenem, blondem Haarschopf. Mit Papier in seiner linken, und Schreibutensilien in der rechten Hand haltend, stellte er sich sogleich an die äußere, schmale Seite des Richtertisches neben einen schlichten Stuhl. Dieser Referendar fungierte als Gerichtsschreiber. In kurzer Zeit richtete er seinen Platz ein und blickte erwartungsvoll den Richter an. Aufrecht, die Schreibfeder in seiner Hand, ging sein Blick dann abwechselnd zu den Angeklagten und in den Zuhörerraum.
Mit schneidiger, schnarrender Stimme sprach der Richter in Richtung aller Teilnehmer:
„Die Verhandlung des Staates Preußen gegen

die Witwe Kriemhild Kinnigkeit und Stephan und Thomas Hansemann, Geschwister, alle drei im freien Bauernstand, ist hiermit eröffnet!"

Mit dem Ausklang seines letzten Wortes und nach einem kurzen Nicken setzten sich alle Anwesenden.

Auch der Colonel sowie der Amtsbote hatten ihre Plätze auf den Stühlen neben der Eingangstür eingenommen.

Dann öffnete der Amtsrichter eine vor ihm liegende Akte, strich langsam mit der linken Hand darüber und nestelte mit der rechten seinen Kneifer unter seiner Robe hervor, den er umgehend auf seine Nase setzte.

Er war von allen Amtspersonen der Einzige, der einen länglichen, weißen Spitzbart trug. Auch sein Haar war schlohweiß, und in dünnen Strähnen nach hinten gekämmt.

Die Nebenrichter blätterten nun ebenfalls in ihren vor sich liegenden Papieren, ebenso wie es auch der Herr Staatsanwalt Klenich und der Herr Verteidiger Dr. Quellmoos taten. Als Nächstes erhob sich der Richter wieder, wandte sich dem Colonel zu, machte eine leichte Verbeugung und sagte:

„Ich begrüße Herrn Colonel Flambeau als Gerichtsbeobachter in Preußen, Offizier seiner Kaiserlichen Majestät Napoleon Bonaparte, im preußischen Amtsgericht Kummerow!"
Der Colonel schnellte bei diesen Worten in die Habt-Acht-Stellung, grüßte militärisch in Richtung des Richtertisches, und setzte sich wieder auf seinen Stuhl. Der Richter selbst blieb stehen und forderte nun die drei Angeklagten auf, vorzutreten und sich hinter die Balustrade nebeneinander aufzustellen:
„Bitte nennt dem Gericht nacheinander eure vollen Namen, das Geburtsdatum und den Stand sowie auch jeder seinen Wohnort mit Adresse!
Fangt damit an, Witwe Kinnigkeit! Als Nächsten hören wir dann Stephan, und danach Thomas Hansemann!"
Nach seinen Aufforderungen an die Angeklagten setzte sich der Vorsitzende auf seinen prächtigen, rot gepolsterten Richterstuhl.
Also kam zunächst Kriemhild der Aufforderung des Richters nach und begann leise und in gedämpftem Ton ihren Vornahmen, und dann ihren Nachnamen zu nennen.
„Angeklagte"! So ereiferte sich sogleich der

Amtsrichter, „Sie müssen hier laut und vernehmlich sprechen! Fange Sie also noch einmal an, damit wir es alle hier im Gerichtssaal hören und der Protokollführer jedes gesprochene Wort ordentlich in das Protokoll aufnehmen kann!"
Und so fing Kriemhild noch einmal an, ihren Namen und alle anderen Angaben, jetzt lauter und bemüht, sich deutlich verständlich zu machen, dem Gericht vorzutragen.
Als sie geendet hatte, nickte der Richter kurz und blickte dann Stephan an, der es seiner Schwester nachtat. Als Letzter gab dann Thomas seinen vollständigen Namen, den Wohnort und die Adresse sowie seinen Stand als Bauer an.
Danach verlas der Richter die Anklage:
„Sie alle drei stehen hier heute vor Gericht, und ihnen allen dreien wird zu Last gelegt, am Vormittag des 27. August im Jahre 1807 die Sonntagsruhe gestört, und Fischdiebstahl begangen zu haben! Die Angeklagten sind zuvor nicht straffällig geworden!"
Dann setzte sich der Richter wieder und deutete dem links von ihm stehenden Staatsanwalt an, er möge die Anklage in ihren Einzelheiten erläutern. Dieser wandte sich, mit sehr lauter, scharf

klingender Stimme, den Angeklagten zu:
„Euch, Bäuerin Kriemhild Kinnigkeit, Witwe, und Euren Brüdern, Stephan und Thomas Hansemann, auch beide Bauern, und gemeinsam wohnhaft in der Gemeinde Kummerow, Birkenweg Nr. 1, Ihr wurdet von der Stadtwache überführt, am Sonntagvormittag des 27. August des Jahres 1807, gemeinsam aus dem Stadtparkteich unserer friedvollen Gemeinde, siebenunddreißig Karpfen widerrechtlich gefischt zu haben.
Die Tat wurde von der Hauptangeklagten Witwe Kriemhild Kinnigkeit, geborene Hansemann, und ihren beiden Geschwistern Stephan und Thomas Hansemann, freie Bauern, zugegeben.
Als Motiv für diesen Diebstahl gab die Witwe Kinnigkeit, ihres Standes her ebenfalls freie Bäuerin, einen persönlichen Racheakt an!“

Nach diesen Worten des Staatsanwalts hörte man ein Raunen und auch einige unflätige Einwürfe im Raum. Sofort rief der Richter die Zuhörer zur Ordnung und ermahnte sie, sich still zu verhalten, sonst würde er die Besucher des Prozesses sofort von der Verhandlung ausschließen.

Nachdem wieder Ruhe eingekehrt war, wendete sich der Richter dem Verteidiger, der sich sogleich ebenfalls auf dem erhöhten Platz hinter seinem Pult erhoben hatte, mit einem Kopfnicken zu und erklärte:
„Die Verteidigung der angeklagten Geschwister Kinnigkeit und Hansemann hat in diesem Prozess Herr Rechtsanwalt Dr. Quellmoos übernommen!“
Der verneigte sich nun ebenfalls, nickte seinerseits kurz in Richtung des Richtertisches, an dem die drei Richter saßen, machte eine knappe Verbeugung zu seinem Gegenüber, dem Staatsanwalt Glenich, und setzte sich wieder.
Daraufhin blickte der Staatsanwalt die drei Geschwister mit seinem düsteren Blick an und forderte die Angeklagten streng, mit markiger Stimme auf:
„Bitte tragt nun, ohne Umschweife und wahrheitsgemäß, den Hergang dieser Unrechtstat dem Gericht vor!“
Die drei Geschwister schauten sich daraufhin mehrmals, gegenseitig beklommen an, wobei ihnen ihre Verunsicherung anzusehen war.
Sogleich wandte der Staatsanwalt ein:

„Er, Angeklagter Bauer Stephan Hansemann, er ist doch der ältere von euch Brüdern!
Er als Mann sollte jetzt hier die verwerfliche Tat vortragen!“
Stephan blickte nun den Staatsanwalt verdutzt an, und schaute dann verlegen zu seiner Schwester sowie seinem jüngeren Bruder.
Wieder setzte ein Flüstern und Raunen im Raum ein, was der Vorsitzende mit seinem düsteren Blick in den Zuschauerraum, und halb erhobenem rechten Arm, auf seine Weise beendete.

Da bat Dr. Quellmoos, in Richtung Richtertisch schauend, und sich wieder erhebend, ums Wort:
„Hohes Gericht, ich schlage vor, dass die Witwe Hansemann den Vorfall schildert. Sie hat, und das ist ja auch im Protokoll so festgehalten worden, ihre Brüder um Mithilfe bei der Tat gebeten und diese auch erhalten. Sie kann uns somit die Motivation und den Ablauf des Geschehenen am ehesten erläutern.“
Der Richter nickte dem Anwalt zu, der setzte sich wieder, und nun richteten sich alle Blicke auf die recht eingeschüchtert dreinblickende Angeklagte Kriemhild.

Dabei lehnten sich die Rechtsanwälte auf ihren Stühlen zurück, und auch die drei Richter blickten nun mit verschränkten Armen auf die angeklagte Kriemhild, die mit leicht gesenktem Kopf und viel zu leise anfing zu erklären, „dass ja die Karpfen daran schuld seien ...“

Der Richter stützte spontan die Arme auf den Richtertisch und sprach die Angeklagte laut, und in der Tonlage unbeherrscht an:

„Angeklagte Bäuerin Kinnigkeit, ich sage es Euch nun zum wiederholten Male, Sie muss hier laut und klar sprechen, damit sie auch alle im Verhandlungsraum verstehen!

Lasse Sie nichts weg bei ihrer Schilderung, und bleibe Sie bei der Wahrheit!

Also bitte, fange Sie noch einmal an!“

Nun fasste sich Kriemhild noch einmal ein Herz, richtete ihren Oberkörper auf und sah den Richter fest an. Bevor sie jedoch anfing, ihre Geschichte zu erzählen, blickte sie noch einmal verstohlen ihren Verteidiger Dr. Quellmoos an.

Dann schilderte sie, wie sie die Nachricht erhalten hatte, dass ihr Mann für tot erklärt worden sei. Er war als Freiwilliger und Söldner den Napoleonischen Truppen beigetreten, wegen

des Soldes, und zur Befreiung aller Bauern auch in Preußen. Durch seinen Kampf wollte er den Status eines freien Bauern erhalten, um dann, wieder zu Hause, als freier Landmann den Hof weiter zu bewirtschaften.
Sie hatten doch einen Sohn und auch eine Tochter, für deren Zukunft habe ihr Mann diese Entscheidung getroffen und sich als Legionär den französischen Truppen angeschlossen.
„Schließlich ist es ja dann auch so gekommen, dass wir freie Bauern wurden, Herr Richter, obwohl es uns immer noch nicht …“
Kriemhild hatte ihren letzten Satz noch nicht beendet, da schnellte der Colonel blitzartig von seinem Platz hoch und blickte aufgeregt gestikulierend in Richtung des Vorsitzenden:
„Pardon, mon dieu, je suis désolé, Pardon, Monsieur Vorsitzender! Diese Madame, Monsieur Vorsitzender…“, so sprach er den Richter in seinem starken, französischen Akzent laut an:
„Diese Bauersfrau hat für Frankreich, für unseren glorreichen Kaiser Napoleon Bonaparte und das französische Volk ein großes Opfer gebracht! Auch für Preußen und für halb Europa! Sie hat den Verlust ihres Mannes und Vaters der

beiden Kinder erleiden müssen!
Ihr Gatte hat auch für die Freiheit der leibeigenen Bauern in Preußen gekämpft und sein Leben gegeben! Diese Frau, Monsieur Vorsitzender, ist für mich eine Heldin!
Merci beaucoup, Monsieur Vorsitzender!"
Der Richter schaute ihn leicht verdutzt, und, wegen der Unterbrechung bei der Befragung der Angeklagten, recht konsterniert an, strich sich mit der rechten Hand langsam mehrmals über seinen Bart, wartete einen kurzen Moment und meinte mit einer bedauernden Gestik, und in einem verständnisvollen Ton:
„Gewiss doch, Monsieur Colonel Flambeau".
Dann setzte sich der Colonel wieder. Eine kleine, peinliche Pause entstand, und für einen kurzen Moment herrschte völlige Stille im Verhandlungssaal.
Aber dann sprang der Colonel abermals von seinem Stuhl auf, richtete nochmals in strammer Haltung seinen Blick zur Richterbank und sagte:
„Monsieur Vorsitzender Giesecke, pardon, vergessen Sie auch nicht die Proklamation des Baseler Edikts für Ihr Land!"
„Aber sicherlich doch, Monsieur Colonel, ich

bitte Sie, lassen Sie uns jetzt bitte fortfahren“, meinte nun der Vorsitzende.

Diese Anspielung des Colonel gegenüber dem Richter in der Verhandlung gegen die Geschwister Hansemann, bezog sich auf die Baseler Beschlüsse für die ersten, bedeutenden gesetzlichen und sozialen Veränderungen auch in Preußen Anfang des Jahres 1807.
*4)

Nachdem sich der Colonel wieder gesetzt hatte, entstand abermals eine kurze, quälende Pause. Doch dann blickte der Richter Kriemhild mit aufforderndem, strengem Blick und leicht gerötetem Kopf an und meinte:
„Angeklagte, fahren Sie fort!“
Der Richter und auch die Anwälte schauten sich kurz an, dann lehnte der Vorsitzende sich in seinem großen Stuhl zurück, und die anderen Juristen taten es ihm nach. Kriemhild begann wieder, zunächst zaghaft und zögerlich, aber dann in zusammenhängenden, verständlichen Sätzen, von ihrer Einbildung, über die Planung

unter Einbeziehung ihrer Brüder, und schließlich auch über die Tat in allen Einzelheiten, selbstsicher und mit lauter, festerer Stimme als zuvor, zu berichten.
Die Darstellung von Kriemhild, während der ihre Brüder, links und rechts neben ihr standen, und sich gelegentlich verschämt anblickten, dauerte etwas mehr als zwanzig Minuten.
Das Gericht folgte so den Ausführungen der Hauptangeklagten, die immer wieder beharrlich den Karpfen die Schuld am Tod ihrer Kinder gab.

Die meisten Anwesenden sowie die Richter hörten ihr mit amüsierter Gelassenheit zu, was an ihren Gesichtszügen abzulesen war, jedoch Staatsanwalt Klenich verfolgte den Bericht mit düsterer Miene und strengem Blick.
Zwischendurch zischelten und murrten die Zuhörer im Gerichtssaal, und einige der Frauen stießen kleine, unterdrückte Schreie aus, die dann jedes Mal mit ermahnenden Blicken des Richters quittiert wurden.
Nachdem Kriemhild ihre Aussage beendet hatte, schauten sich die Geschwister verunsichert an, denn nun fürchteten sie sich vor weiteren, ihnen

unangenehmen Befragungen.
Zuerst stellte der Richter an den älteren Bruder Stephan die Frage, „ob denn er auch glaube, dass die Karpfen das Unglück, den tödlichen Unfall der beiden Kinder, herbeigeführt hätte?“
Daraufhin schaute Stephan seine Schwester an, um dann dem Richter zögerlich mitzuteilen, dass er sich der Meinung der Schwester angeschlossen habe, um den Familienfrieden aufrecht zu erhalten...
Plötzlich, und unverhofft abrupt, neigte der Richter seinen Oberkörper nach vorne.
Sein Gesicht hatte plötzlich wieder eine gerötete Färbung bekommen. Er schlug fest die Hände auf den Richtertisch auf, und fragte ungehalten laut:
„Ja, Kerl! Bist du nun davon überzeugt gewesen oder nicht? Ja oder nein!“
„Nein“, entgegnete Stephan nun mit halb erstickter Stimme, jedoch einigermaßen vernehmlich, und fuhr fort:
„Aber als Kriemhild als Hof-Erbin die Wirtschaft übernahm, weil ja unser Schwager Heinrich nicht mehr aus dem Kriege nach Hause zurückkehrte, waren wir bei ihr in der Pflicht und

machten Vorschläge und halfen ihr.
Auch mein Bruder Thomas schloss sich dem Plan an." Stephans Gesicht nahm bei seiner Aussage nun einen immer trotzigeren Ausdruck an.

„Herr Vorsitzender", meldete sich jetzt der Verteidiger Dr. Quellmoos, in aufrechter Haltung zu Wort, „sicher haben die Angeklagten ein großes Unrecht begangen und die Gemeinde durch das Herausfischen der Karpfen geschädigt, jedoch muss doch hier auch berücksichtigt werden, dass die Familie Kinnigkeit, also die Witwe Kriemhild mit ihren beiden Kindern, und die beiden Brüder Stephan und Thomas Hansemann, in den letzten Jahren in große Not geraten sind."
„Aber ich bitte Sie sehr, Herr Rechtsanwalt Dr. Quellmoos", unterbrach ihn nun der Vorsitzende, „für das Plädoyer ist es noch zu früh!"

Das war das Stichwort für Staatsanwalt Klenich, der umgehend aufstand und einwarf:
„Herr Kollege, ich mache zu der hier zugegebenen Straftat selbstverständlich auch geltend, dass die Angeklagten die Sonntagsruhe in erheblichem Maße gestört haben!"

„Aber Herr Staatsanwalt“, wandte nun wiederum der Verteidiger ein, „wir sind uns doch darüber einig, dass dieses Gesetz auf gewisse Arbeiten in Wald und Flur sowie auf die Auswüchse der Prostitution und zum Frieden innerhalb der Kirche zur Anwendung gelangt!“
„Herr Rechtsanwalt Dr. Quellmoos“, meinte daraufhin der Staatsanwalt, „Sie werden doch einräumen müssen, dass der Tag des Diebstahls ein Sonntag war, und auch, dass eine beachtliche Anzahl von Bürgern sich in ihrem sonntäglichen Frieden gestört, und sich in ihren Gefühlen und auch Ihrer Ehre in außerordentlichem Maße beeinträchtigt gefühlt haben. Der staatliche Gesetzeserlass wurde verletzt und die Kirchengemeinde unserer Stadt wurden aufs Äußerste verhöhnt!“
Leicht aufgebracht mischte sich nunmehr der vorsitzende Richter ein:
„Meine Herren Anwälte, ich denke, wir haben zum Tathergang alles von den Angeklagten gehört. Die Angeklagte ist geständig und hat ja bereits die Taten, die von den Gendarmen festgestellt und im Protokoll niedergeschrieben wurde, was uns allen hier ja vorliegt, zugegeben.

Das Gericht verzichtet auf eine weitere Aussage der Angeklagten, insbesondere auf eine weitere Aussage von Thomas Hansemann.
Der junge Mann gilt hier ohnehin als befangen. Somit bitte ich den Herrn Verteidiger jetzt um sein Plädoyer.“
Der vorsitzende Richter war offensichtlich darum bemüht, den Ablauf des Verfahrens nunmehr abzukürzen.
Dr. Quellmoos erhob sich zum wiederholten Male von seinem Stuhl und nahm eine vielsagende Körperhaltung ein, indem er sich halb dem Richtertisch, und in geschickter Drehung auch dem Staatsanwalt zuwendete:
„Hohes Gericht, Herr Staatsanwalt, Herr Offizier seiner Majestät Napoleon Bonaparte, meine Damen und Herren!
Wir haben es hier insoweit mit dem tragischen Umstand zu tun, dass eine bisher unbescholtene Bauersfrau das Schicksal vieler Familien in Preußen erleiden musste. Sie hat leider auch den Tod ihres Ehemannes und Vaters ihrer beiden so jungen Kinder erleiden müssen.
Als sie in guter Absicht, ihrem achtjährigen Sohn Phillip und der vierjährigen Tochter Christina ihr

Vergnügen auf dem Eis des Gemeindeteiches nicht versagte, hat der Herrgott ihr noch einmal und zusätzlich eine furchtbar schwere Prüfung auferlegt, und durch den unglücklich herbeigeführten Tod ihrer Kinder die arme, bedauernswerte Frau dahin gebracht, ein Unrecht zu begehen. Dies geschah, weil sie der Meinung war, dass die Karpfen für den Tod der Kinder verantwortlich seien, und dass dies gesühnt werden müsse. Dieses Vergehen, das Fangen der Karpfen, sollte ihr Frieden geben.
Jedoch hat sich meine Mandantschaft durch das Einfangen und Töten der Tiere schuldig an den Fischen und am Gemeingut gemacht, als sie unrechtmäßig und eigenhändig handelten.
Ich appellier an die Großmut des Gerichts, hier wegen der schweren Prüfungen, die dieser Frau in der Vergangenheit, in geradezu schicksalhafter Weise auferlegt wurde, großmütig zu sein.
Ich bitte von daher um ein mildes Urteil."

Daraufhin setzte sich der Anwalt, und nun hatte der Herr Staatsanwalt das Wort.
In angriffslustiger Pose, mit ernstem Gesicht und leicht theatralischer Gestik begann er:

„Hohes Gericht, Herr Kollege der Verteidigung, Herr Colonel Flambeau, meine Damen und Herren!
Wie wir von den Angeklagten gehört haben, ist dieser unerhörte Plan, der auf einer geradezu lächerlichen Einbildung beruhte, und von den Beschuldigten nach akribischer Vorbereitung hin, in einer geradezu perfiden Art umgesetzt wurde, war ein Diebstahl am Gemeingut der Bürger.
Dieser Diebstahl, der wohl etwas Einmaliges in seiner verachtenswerten Weise und in seiner Ausführung darstellt, hat immerhin sage und schreibe siebenunddreißig Karpfenfischen das Leben gekostet. Und das nicht einmal aus Gier oder Hunger, und auch noch an einem Sonntagvormittag, an dem die meisten Bürger der Gemeinde die Gottesdienstfeier besuchen.
Diese frevelhafte Tat war ein Verbrechen, ein Diebstahl an den Gemeindemitgliedern dieser Stadt, und ein Anschlag auf das Leben unschuldiger Tiere.

Weil die Tat mithilfe der Brüder vorbereitet und ausgeführt wurde, kann ich hier auch nicht die

vorangegangenen Leidenszeiten der Angeklagten berücksichtigt sehen!
Einzig der tragische Tod der beiden kleinen Kinder der angeklagten Bäuerin Kinnigkeit lässt meine berechtigte Anklage an die drei Geschwister hier milder erscheinen.
Um jedoch Klarheit über diese Tat zu bekommen, könnte ich mir auch vorstellen, dass hier ein neues, ein abgetrenntes Verfahren, ein Verfahren wegen der Unzurechnungsfähigkeit der angeklagten Bäuerin Kinnigkeit, eingeleitet werden sollte!"

Nach diesen Worten ging ein lautes „Oooh" und Aaah" und auch ein „Sehr wohl" durch die Zuschauerränge. Der Richter sah sich abermals gezwungen, diesen emotionalen Äußerungen seitens der Zuschauer und Zuhörer Einhalt zu gebieten. Dazu schlug er mehrmals mit seiner rechten, flachen Hand heftig auf den Richtertisch und rief in die Menge:
„Aufhören, Ruhe, Ruhe im Gerichtssaal! Sonst verweise ich Sie nach draußen!"
Augenblicklich wurde es wieder still, denn die Prozessbesucher waren viel zu neugierig auf das

Ende des Verfahrens, als dass sie von der Verhandlung noch ausgeschlossen werden wollten.

Kriemhild fing nun an, leise zu schluchzen. Sie stand wie das sprichwörtliche Häuflein Elend vor dem Richtertisch, und auch die beiden Brüder gaben nun ein jämmerliches Bild ab. Alle drei verharrten in eingefallener Körperhaltung, und man hatte den Eindruck, dass sie dem Verfahren nicht mehr so recht folgen konnten.
Der Richter wendete sich nun, offensichtlich bemüht, wieder Ruhe und Ordnung in den Verhandlungsablauf zu bringen, an den Gerichtsdiener, der sofort die Haltung eines Soldaten annahm:
„Gerichtsdiener, bitten Sie den Hauptwachtmeister in den Verhandlungsraum!"
„Hauptwachtmeister Kupka in den Verhandlungsraum!", rief der Gerichtsdiener nach Öffnen der Verhandlungssaaltür laut in den Flur.
Sofort danach trat der Hauptwachtmeister ein.

Mit kurzen, eifrigen Schritten trat er vor. Seine korrekte, stramme Uniform brachte ein neues Farbenspiel in den dunkel und trübe wirkenden

Gerichtsraum. Er grüßte in militärischer Art sowohl in Richtung des Richtertisches und des Colonels, als auch, in einer Vierteldrehung seines mächtigen, großen Körpers, in Richtung Publikum. Dann schritt er vor die drei angeklagten Geschwister direkt an die Balustrade, stellte sich auf, und machte dann nochmals durch Anlegen der rechten Hand an seine Kopfbedeckung Meldung:
„Hauptwachtmeister Kupka, ich melde mich zur Stelle!“
„Gut, Herr Hauptwachtmeister! Sie haben die Angeklagten am Tatort festgesetzt. Bitte schildern Sie dem Gericht, was sich dort zugetragen hat. Ich denke, meine Herren, wir können auf eine Vereidigung des Hauptzeugen hier verzichten. Wenn also keine Einwände bestehen, fangen Sie an.“
Der Hauptwachtmeister begann nun, einmal den Blick zum Richter, dann auch wieder zu den beiden Anwälten gewandt, seine Aussage zu dem Zeitpunkt, als er die Meldung bekam, dass am Parkteich Fischräuber zugange seien:
„Ich habe dann mit einer vierköpfigen Gruppe, mit mir als Gruppenführer, mich an den Tatort

begeben, und die hier anwesenden Angeklagten auf frischer Tat ertappt, als sie gerade mit Fanggerätschaften den Teich verließen.
Am Ufer entdeckte ich zu meinem Erstaunen einen großen Haufen, äh..., Verzeihung, eine große Anzahl toter Karpfen. Nach der Zählung waren es genau siebenunddreißig Fische, Herr Vorsitzender! Und nach der vorläufigen Festnahme wegen illegalen Fischens, noch dazu an einem Sonntag, wurden die Geschwister Hansemann, äh..., ich meine, die Witwe Kinnigkeit, und ihre beiden Brüder Stephan und Thomas Hansemann, vorläufig in Gewahrsam genommen, und auf die Wache geführt, wo ein Protokoll des Tatherganges angefertigt wurde."
Weiter meinte er dann in leicht verunsichertem Ton:
„Anschließend hat Leutnant Weber im Dienstzimmer die Diebe belehrt, dass sie sich nicht aus dem Zuständigkeitsbereich der Justiz entfernen dürfen, weil ihnen der Prozess gemacht wird. Auf ein Versprechen von Bäuerin Kinnigkeit hin, dass sie sich daran halten werde, und weil unser Leutnant die Familie Hansemann schon seit vielen Jahren als unbescholtene Bauern gut kennt,

wurden alle drei Geschwister nacheinander wieder auf freien Fuß gesetzt.
Es wurde Anzeige wegen Diebstahls bei der Staatsanwaltschaft eingereicht, und das Protokoll wurde dem Gericht zugestellt sowie eine Abschrift dem Herrn Staatsanwalt Klenich übergeben."

„Aha, gut, danke, Herr Hauptwachtmeister! Haben die Herren noch Fragen an den Zeugen? Nein? Dann sind sie damit zunächst entlassen", meinte sodann der Richter, offenbar zufrieden mit der Aussage des Hauptwachtmeisters.

„Halten Sie sich aber noch weiterhin zu unserer Verfügung!"

Hauptwachtmeister Weber machte daraufhin seine Ehrenbezeugung, gab ein deutliches und klares „Jawohl" von sich, drehte sich auf der Stelle und verließ mit stolzer Brust den Verhandlungsraum.

Dann nickte der Richter dem Vertreter der Anklage wieder zu, und der führte wie zuvor schon, weiter aus:

Ich fordere hiermit eine Wiedergutmachung der Witwe Kinnigkeit an die Gemeindekasse unserer Stadt. Eine Summe von fünfzehn Goldtalern!

Für die Brüder der Angeklagten setze ich jeweils ein Dutzend Stockschläge fest!"
Nach diesen messerscharfen Worten des Staatsanwalts setzten, nach einem Moment der Stille, erneut Gemurmel und ein undefinierbares Flüstern im Raum ein. Die drei Geschwister zuckten trotz ihrer schon fast gebückten Haltung regelrecht zusammen, als sie die ausgesprochenen Strafmaßnahmen aus dem Mund des Staatsanwaltes hörten.
„Hat der Herr Verteidiger noch Einwände vorzubringen? Nein, wenn nicht, dann ist die Befragung der Angeklagten hiermit beendet", so der Richter auf die Strafmaßforderungen des Staatsanwalts hin. Dr. Quellmoos erhob sich abrupt und meinte dann:
„Hohes Gericht, ich kann hier angesichts der drastischen Strafforderung, insbesondere der von dem Herrn Staatsanwalt geforderten hohen Geldsumme, nur entgegenhalten, dass der Staat in seiner Gesamtheit auch am Ertrag der Bauerngehöfte des Landes in hohem Maße partizipiert. Der Landbetrieb der drei Geschwister darf durch das noch auszusprechende Urteil nicht so stark belastet werden!"

In sichtlicher Erregung angesichts der Worte des Verteidigers Dr. Quellmoos standen die Richter abrupt von ihren Stühlen auf, und der vorsitzende Richter sprach den fragenden Satz in den Raum:

„Haben die Angeklagten noch etwas mitzuteilen?“

Die aber schüttelten nur leicht ihre Köpfe, und aus Kriemhilds Mund vernahm der Richter ein leises „Nein“. Der Richter fügte dann noch hinzu:

„Die Sitzung ist damit unterbrochen, das Gericht zieht sich zur Beratung zurück!“

Nach diesen Worten des Vorsitzenden setzten alle Juristen ihre Zweispitze auf, und die drei Richter, die beiden Anwälte und auch der Schreiber trafen Vorbereitungen, in das hintere Beratungszimmer zu gehen.

Der Anwalt Dr. Quellmoos sprach noch im Hinausgehen in leisem Ton zu den Geschwistern, dass sie sich, bis zur Urteilsverkündung, wieder auf ihre Plätze setzen könnten.

Auch der Colonel stand von seinem Platz auf, zog mit beiden Händen seinen Rock in die korrekte Position, grüßte in militärischer Manier in Richtung der Juristen und auch der Zuhörer,

und machte kehrt, um mit eiligen Schritten den Verhandlungsraum zu verlassen.
Daraufhin legte der Gerichtsdiener ebenfalls die Hand an seinen Zweispitz und grüßte den Colonel bei dessen Abgang. Der grüßte ebenfalls in gleicher Weise zurück.
Nach ein paar Sekunden kehrte der Colonel jedoch noch einmal in den Verhandlungsraum zurück, ging geradewegs auf den Richter zu, der soeben den Gerichtsraum durch die Tür zum Beratungszimmer verlassen wollte, und sagte in gedämpften Ton, wobei er seine rechte Hand an das Gesicht hob:
„Herr Gerichtsrat Giesecke, lassen Sie den Urteilsspruch meiner Garnison in allernächster Zeit per Boten zukommen!“
„Gewiss, Monsieur Colonel Flambeau, gewiss, das ist so vorgesehen“, entgegnete der Richter.

Einige der Anwesenden Juristen, auch Zuhörer aus den Reihen des Publikums, beobachteten neugierig diese erneute, kurze Zusammenkunft zwischen dem Offizier und dem Vorsitzenden Richter, und sie schwiegen für einen kurzen Moment.

Dann erhoben sich alle auf ein Zeichen des Gerichtsdieners hin von ihren Plätzen, und alle Juristen verließen den Verhandlungsraum durch die Tür in das Beratungszimmer.

Es dauerte einige Zeit, und die Zuhörer standen oder saßen noch herum, und tauschten untereinander recht überschwänglich ihre Ansichten und Meinungen aus. Dabei ignorierten sie jedoch die drei Geschwister auf ihren Plätzen.

Nach ungefähr einer Viertelstunde trat der Gerichtsdiener ein und verkündete laut, dass das Gericht sogleich erscheinen würde.
Die Zuschauer setzten sich alle wieder, und es wurde wieder still im Gerichtssaal.

Sogleich kamen die Richter, der Gerichtsschreiber und dahinter die Anwälte in den Verhandlungssaal.
Der Staatsanwalt und der Verteidiger sowie der Referendar als Gerichtsschreiber hatten ihre Zweispitze in der einen, ihre Akten in der anderen Hand, als sie in den Verhandlungsraum eintraten. Sie alle nahmen wieder ihre Plätze

ein, und die Angeklagten stellten sich eiligst wieder vor die Gerichtsschranke.

Die Geschwister blickten sich um und sahen einander an. Die Richter und Anwälte wartete nun einige Zeit, bis völlige Ruhe im Gerichtssaal eingekehrt war. Dann setzten die Richter gleichzeitig und in feierlicher Manier ihre Zweispitze auf und blickten streng in Richtung der vor ihnen stehenden Angeklagten. Auch der Referendar hatte einen Zweispitz dabei und setzte ihn auf. Kriemhild sah nun blass und elend aus, und auch ihre Brüder machten ängstliche Mienen.

Einer der beigeordneten Richter sprach nun laut in den Verhandlungsraum hinein:
„Das Amtsgericht der Stadt Kummerow, unter Vorsitz von Gerichtsrat Hermann Giesecke, kommt nunmehr zur Urteilsverkündung."

Der vorsitzende Richter straffte seinen Oberkörper, blickte streng auf die vor ihm stehenden Geschwister, richtete sodann seinen Blick auf einen Bogen Papier, den er in der rechten Hand vor sich hielt und verkündete mit lauter Stimme:

„Im Namen unseres Königs Friedrich Wilhelm des Dritten, und im Namen des Preußischen Staates, ergeht am heutigen Tag von diesem Gericht folgendes Urteil:
Die angeklagte Witwe Kriemhild Kinnigkeit, geborene Hansemann sowie ihre Brüder Stephan Hansemann und Thomas Hansemann, allesamt Bauern, haben sich gemeinschaftlich der sonntäglichen Ruhestörung und des Diebstahls von siebenunddreißig Karpfen, aus dem Stadtparkteich der Gemeinde Kummerow, schuldig gemacht!
Die Witwe Kriemhild Kinnigkeit wird hiermit zu einer Geldbuße von zehn Reichstalern und zwanzig Silbergroschen verurteilt!
Sie Summe muss von morgen an, innerhalb eines halben Jahres, bei der Gerichtskasse eingezahlt werden. Zusätzlich werden die Bäuerin Kinnigkeit und ihre beiden Brüder Hansemann dazu verurteilt, an die Kirchengemeinde unserer Stadt Kummerow drei Ferkel am Erntedanktag dieses Jahres abzugeben, und somit ihre Störung des Sonntagsfriedens abzugelten, und ihr Bedauern und ihre Bußfähigkeit zu bekunden!“
Dann folgte eine effektvolle Pause, bevor der

Richter das Urteil weiter verlas, nicht ohne zuvor mit einem strengen Blick auf die Angeklagten gewissermaßen herabzusehen:
„Der Bauer Stephan Hansemann, Bruder der Angeklagten, wird wegen Mittäterschaft zu zwölf Stockschlägen verurteilt!
Der Bauer und jüngere Bruder Thomas Hansemann, wird ebenfalls wegen Mittäterschaft zu zwölf Stockschlägen verurteilt!
Das Urteil wurde nach den neuen Richtlinien des Code civil von 1804 in Preußen beschlossen!
Die Züchtigungen werden heute, vierzehn Uhr, hier im Hofe des Gerichtes ausgeführt!
Die Kosten des Verfahrens tragen die Angeklagten!“

Dann setzten sich die Juristen wieder, nahmen abermals ihre Zweispitze ab, und legten sie wieder neben sich hin. Der vorsitzende Richter deutete mit seiner rechten Hand an, dass sich die Verurteilten nun wieder auf ihre Plätze auf die Bank setzen sollten.
Kriemhild wirkte erschrocken und elendig, als sie sich zu ihrem Platz bewegte.
Sie wischte sich mit dem Ärmel ganz verstohlen

einige Tränen aus dem Gesicht und stieß einen lauten Seufzer aus.
Stephans Gesichtsausdruck war nun noch verängstigter als zuvor, und bei Thomas, blass und mit gequälter, ängstlicher Miene, rollten nun ebenfalls ein paar Tränen die Wangen hinunter.

Von den Zuhörern waren abermals Bekundungen, einerseits des Missmutes, andererseits des Erstaunens, und auch Zwischenrufe wie:
„Richtig so!“, oder auch: „Das ist viel zu milde!“, oder sogar: „In den Kerker mit ihnen!“ zu hören.

Der Richter blickte auf, wartete eine kurze Zeit, sah in die Runde, und sein deutlich verächtlicher Blick ließ die Zuschauer verstummen.

Nun richtete der Vorsitzende den Blick wieder auf die Verurteilten und fuhr fort:
„Ich komme nunmehr zur Urteilsbegründung:
Und Ruhe, Herrschaften! Ruhe im Gerichtssaal!
Das Gericht hat euch, unter Berücksichtigung der neuen Strafgesetzgebung in der Reform und den Beschlüssen von 1804, und in Anbetracht dessen, dass es sich bei der Haupttäterin um eine Mutter und Witwe handelt, die untersten

Strafrechtsmaßnahmen der preußischen Gesetzgebung angedeihen lassen!
Bei der heutigen Urteilsfindung in diesem Prozess wurde berücksichtigt, dass Sie, Bäuerin Kinngkeit, in jungen Jahren Witwe wurde, und dass Sie, obwohl bei nicht nachvollziehbarer, erheblicher Mitschuld, Ihre beiden kleinen Kinder auf so tragische Weise verloren haben.
Das Gericht ging davon aus, dass Sie für Ihren Leichtsinn, der dieses schicksalhafte Unglück erst heraufbeschwor, ihr ganzes Leben gestraft sein werden.
Straferschwerend kam jedoch bei Festsetzung des Strafmaßes hinzu, dass sie alle drei in böswilliger Absicht, nämlich den Diebstahl, und das Töten der Karpfen, begangen und damit dem Allgemeingut der Bürger dieser Stadt Schaden zugeführt haben.
Deshalb wurde Ihnen diese Geldbuße auferlegt.
Die beiden Brüder haben sich, aus teilweise unerfindlichen Gründen, an dieser frevelhaften Tat sehr aktiv beteiligt.
Ihnen soll es eine Lehre sein, unschuldige Tiere zu jagen und zu fangen, die ihnen noch dazu nicht gehörten, und sich zu einer solchen Tat

hinreißen zu lassen.
Die Urteilsschrift geht euch per Boten zu und kann jederzeit hier bei Gericht eingesehen werden. Eine Revision des Verfahrens wird in Einvernahme des Amtsgerichts Kummerow nicht zugelassen."
Nach diesen Erläuterungen setzte Stille ein.
Der Vorsitzende verkündete nun stehend und vernehmlich:
„Die Sitzung ist geschlossen!"
Daraufhin erhoben sich alle Juristen, setzten ihre Zweispitze auf, und auch die Verurteilten erhoben sich.
Dr. Quellmoos ging auf Kriemhild zu und gab ihr mit einem bedauernden Ausdruck in seinen Augen die Hand, wobei er meinte:
„Ich habe versucht, mäßigend auf das Urteil einzuwirken. Sie sollten sich mit dem Strafmaß abfinden, und das Geld baldmöglichst bezahlen.
Es wird Ihnen und Ihren Brüdern ja wohl möglich sein, ein paar Schweine zu verkaufen.
Die Pferde würden zwar mehr Geld einbringen, aber die brauchen Sie ja als Zugtiere. Oder Sie verkaufen Ihre prächtigen Pferde an das Militär und schaffen sich zwei Ochsen an.

Das Gericht hat ausdrücklich abgewogen, und ich habe auch dahin gehend auf das Gericht eingewirkt, um ihren Hof und ihr wirtschaftliches Überleben nicht zu gefährden.
Strafmildernd kam auch hinzu, aber das hat der Vorsitzende ja schon ausgeführt, dass Sie und ihre beiden Brüder zuvor nie straffällig geworden sind. Der preußische Staat braucht ja auch Ihre Wirtschaftskraft und Ihren Beitrag zur Versorgung der Bevölkerung mit Nahrungsmitteln."

Kriemhild sah den Rechtsanwalt nun mit einem gequälten Ausdruck an und meinte klagend:
„Wir geben doch schon unseren Zehnten, jedes Jahr geben wir doch unseren Zehnten an den Staat, wie sollen wir denn diese zusätzlichen Abgaben, diese Strafe, also diese Geldbuße und die Gerichtskosten nur aufbringen?"
„Ja, Bäuerin Kinnigkeit, das hätte Sie bedenken müssen, bevor Sie sich durch den Fischdiebstahl schuldig gemacht hat", erwiderte Rechtsanwalt Dr. Quellmoos nun in der Art eines gehobenen Bürgers gegenüber der Bauernschaft. Kriemhild nickte nur verständnislos und wendete sich dann schnell ihren Brüdern zu.

Doch als sie noch Minuten zusammenstanden, und Kriemhild ihnen Mut und Trost wegen der an diesem Tag noch zu ertragenden Stockschläge zusprechen wollte, standen schon zwei Gendarmen im Gerichtssaal.

Sie schlängelten sich durch die palavernde Menge, drängten Kriemhild zur Seite, und nahmen die Brüder Stephan und Thomas in ihre Mitte. Die beiden wurden aus dem Gebäude geführt, und draußen, durch ein kleines Tor, hinter die hohen Mauern des Gerichtskomplexes gebracht.
Kriemhild war fast am Ende ihrer Kräfte. In der letzten Stunde hatte sie so oft daran denken müssen, welche zuvor nicht bedachten Anschuldigungen nach dem Einfangen der Karpfen auf sie zugekommen waren.

Auch ihre beiden ertrunkenen Kinder kamen ihr immer wieder in den Sinn.
In ihrem Kopf dröhnte und schmerzte es und sie war froh, jetzt hinaus ins Freie gehen zu können.

Dann begab sich Kriemhild zu dem Zweispänner, der hinter dem Gericht abgestellt war, um nach ihren Pferden zu sehen.
Sie band die Tiere los, nahm die Zügel in die Hand und führte das Gespann auf den Marktplatz, in dessen Mitte ein Brunnen plätscherte. Auch steinerne Tröge, mit Wasser gefüllt, standen seitlich des Platzes, sodass sie ihre Pferde tränken konnte.
Daraufhin band sie die Zügel an einem Holm fest und setzte sich auf den Bock ihres einachsigen Wagens. Nach einer Weile war sie etwas eingenickt.
Jedoch ihre innere Unruhe, und die Sorge um ihre Brüder, die zu dieser Stunde ihre schmerzhafte Strafe über sich ergehen lassen mussten, ließ sie immer wieder aufschrecken.
Einige junge Männer und auch Jugendliche sowie Kinder verschiedenen Alters, Jungen und auch Mädchen, standen in gewissem Abstand um den Wagen herum.
Sie diskutierten und frotzelten unentwegt so laut und unverhohlen, dass einige Frauen und Männer darauf aufmerksam wurden und sich dazugesellten.

Nach einer weiteren halben Stunde drehten sich die meisten von ihnen um und ließen ein lautes Wehklagen ertönen. Dann traten einige Leute zur Seite, sodass sich eine Gasse zwischen ihnen bilden konnte.
Kriemhild stieg eilig von ihrem Wagen hinunter und sah nun, dass zwei Wachleute in Gendarmenuniformen ihre Brüder stützten, während sie sie zu ihrem Zweispänner brachten.
Jetzt erkannte Kriemhild, dass ihre malträtierten Brüder sich nur mühsam auf den Beinen halten konnten.
Am Fahrzeug angekommen, hielten sich beide, laut stöhnend und wehklagend fest.
Durch die gaffende Menge und die Unruhe am Wagen scheuten die Pferde, wieherten laut und unterschiedlich lange und schlugen mit den vorderen Hufen auf das Pflaster auf. Dadurch ruckte das Gespann, und deshalb machte das den sich am Wagen festhaltenden Verletzten noch mehr Pein.

Kriemhild sah nun, dass durch die Hemden, und sogar unter ihren Röcken hervor, Blut tropfte. Bei diesem Anblick schrie sie leise auf, legte ihre

Hände auf die Schultern ihrer Geschwister und meinte:
„Seid ruhig, nur ruhig, meine Brüder, ihr habt es hinter euch, versucht jetzt, auf den Wagen zu klettern.“
Die zwei Gendarmen stützten beide noch einmal und halfen, so gut sie konnten, die gepeinigten, verletzten Männer so auf den Wagenboden des Zweispänners zu legen, dass sie auf dem Bauch liegend, die holprige Fahrt nach Hause einigermaßen gut überstehen konnten.
Kriemhild band ihre Pferde los. Dabei scheuten diese abermals, weil so viele Neugierige das Gefährt umstanden. Sie nahm die Tiere fest und ganz kurz an die Kandare und sprach leise auf sie ein, bis sie sich wieder beruhigten.
Nach einer Weile ging die Fahrt endlich los. Kriemhild hielt die Zugtiere noch fester und führte so den Wagen, auf dem ihre stöhnenden, wehklagenden, und leise schluchzenden Brüder lagen. Sie hörte ständig die Schmerzenslaute von Stephan und Thomas, als sie den holprigen Weg hinaus aus der kleinen Stadt, zu ihrem Bauernhof zurück fuhren.
Zu allem Überfluss liefen, noch eine ganze Weile

lang, übermütige Kinder und Jugendliche laut lachend und johlend, mit zotigen Sprüchen auf den Lippen, den drei Geschwistern bis ans Ende der letzten Häuser des Ortes nach.

Im Stadtparkteich waren die Karpfen und andere Fische und Bewohner des Teiches schon lange wieder zu ihrem normalen Leben zurückgekehrt. Sie waren und sind naturgemäß immer noch ständig auf der Suche nach Futter und mit der Erhaltung ihrer Art beschäftigt.

Und wenn es diesen Teich heute in der kleinen Stadt Kummerow in der Uckermark noch gibt, dann schwimmen darin sicher immer noch kräftige, prächtige Karpfen herum, und die Gemeinde sowie gelegentliche Spaziergänger werden wie eh und je ihre Freude daran haben.

Ende

*1)

Anmerkung: Karpfenweibchen gebären ihren Nachwuchs lebend. Sie legen also keine Eier, wie andere Fische, aus denen nach einiger Zeit die Fischbrut schlüpft. Karpfenartige zählt man deshalb zu den „lebend gebärenden Fischen", und sie gehören der Spezies der Wirbeltiere an. Es sind also gar keine echten Fische, aber sie leben wie Fische im Wasser. Wissenschaftlich spricht man bei den Karpfen von einem Typus der Vertebràta und dem Unterstamm der Chordatiere, zu denen unter anderem auch der Mensch gehört.
Wir Menschen waren, entwicklungsgeschichtlich gesehen, vor Zigtausenden Jahren ja auch keine Menschen. Das Leben kam ursprünglich aus dem Wasser. Wir haben uns in Abermillionen von Jahren zu Menschen entwickelt. Karpfenfische, von denen es über hundert verschiedene Arten gibt, schlüpfen aus dem Bauch ihrer Mütter und werden noch eine Zeit lang, bis sie zu einer gewissen Größe und Selbstständigkeit herangewachsen sind, von dem Karpfenweibchen betreut. Echte Karpfen in nördlichen Breiten können bis zu dreißig Jahre alt werden.

*2)

Anmerkung: Fische atmen durch ihre Kiemen, links und rechts hinter ihren Köpfen. Nur auf diese Weise nehmen sie den lebenserhaltenden Sauerstoff im Wasser für ihren Blutkreislauf auf. Sie können also nur kurze Zeit außerhalb des Wassers leben. Durch ihr geöffnetes Maul nehmen ihre Lungen nur sehr wenig Sauerstoff zum Leben auf. Folglich ersticken sie außerhalb des Wassers.

*3)

Anmerkung: In der Schlacht bei Austerlitz in Mähren besiegte Kaiser Napoleon I. von Frankreich die österreichischen Truppen und die russ. Truppen unter Zar Alexander I. Sie fand am 2. Dezember 1805 statt, exakt ein Jahr nach der Kaiserkrönung Napoleons I. in Paris. Napoleon I. Bonaparte wählte den Ort der Dreikaiserschlacht am Pratzenberg zwischen Brünn und Austerlitz. Sie wird Dreikaiserschlacht genannt, doch tatsächlich waren nur Alexander I. und Napoleon I. in Person zugegen. Kaiser Franz I. von Österreich war persönlich nicht anwesend.

Diese Schlacht gilt als größter Sieg Napoleons überhaupt. Die österreichisch-russische Koalitionsarmee wurde vernichtend geschlagen.

Nach der Französischen Revolution 1789 bis 1799 folgten viele Kriege in Westeuropa. Napoleon I. und die Koalitionsarmeen von Österreich-Ungarn und Russland erreichten in den folgenden Jahren die Zerschlagung vieler Fürstentümer und besetzten auch die preußischen Gebiete sowie die süddeutschen Staaten, Tirol und Teile der Schweiz.
Nach der Schlacht von Jena und Auerstedt am 10. Oktober 1806 hatten die Franzosen Preußen besiegt.
Die preußische Regierung unter König Friedrich Wilhelm III. wurde nach Königsberg ausgelagert.
Die französische Interventionsarmee beherrschte ein Gebiet von Teilen Spaniens im Westen bis an die Oder im Osten und von Schleswig im Norden bis Mittelitalien, Dalmatien und sogar Ägypten.

Erst das Scheitern im Feldzug gegen Russland im Jahre 1812 mit der größten Koalitions-armee aller vorangegangener Zeiten von etwa siebenhunderttausend Mann brachte die Wende. Mit der Niederlage der Koalitions-armeen England, Russland, Österreich, Preußen und Schweden im Herbst 1813 (Völkerschlacht bei Leipzig), wurde Preußen nach und nach wieder eine souveräne Großmacht.
Nach Napoleons Verbannung auf Elba und der Episode der „hundert" Tage nach der Rück-kehr Napoleons von Elba im März 1815 endete die Ära Napoleons I. mit seiner Niederlage in der Schlacht von Waterloo am 18. Juni anno 1815 und seiner anschließenden Internierung auf Lebenszeit auf St. Helena. Im Jahr 1821 erkrankte Napoleon schwer und starb. Danach war das franz. Kaiserreich unter Napoleon I. zunächst zerbrochen.

*4)
Anmerkung: Der Code civil von 1804 bis 1815 (und kurzfristig zwischen 1853 und 1871 in Code Napoleon umbenannt), ist das franz.

Gesetzbuch zum Zivilrecht, das von Napoleon Bonaparte am 21. März 1804 eingeführt wurde. Dieses revolutionäre Gesetzeswerk wurde auch in den zeitweise annektierten Staaten in die jeweilige Gesetzgebung mit einbezogen.
Mit dem Code civil schuf Napoleon ein bedeutendes Gesetzeswerk der Neuzeit. Sowohl in Frankreich, als auch in den meisten anderen demokratischen Staaten, ist es auch noch heute in der Gesetzgebung in weiten Teilen enthalten.
Die Bemerkung des Colonels in der Verhandlung in dieser Geschichte, dass das Gericht die Proklamation des zweiten Baseler Edikts von 1807 bei der Urteilsfindung berücksichtigen solle, bezieht sich auf eben diesen Code civil, der nach der französischen Besetzung Preußens, zu dieser neuen Praxis in der Rechtsprechung, seine Anwendung fand.

*)
Alle hier gemachten Anmerkungen sind überwiegend der Internetplattform „Wikipedia" entnommen.

In dem Roman begegnet der Leser ganz unterschiedlichen Menschen und Charakteren. Die Geschichte spielt in einer lange schon vergangenen Zeit, vor einem interessanten, geschichtlichen Hintergrund:
Preußen zu Anfang des 19. Jahrhunderts.

Die friedliche Teichidylle der Karpfen ist jäh bedroht.
Eine Bauersfrau will sich an unschuldigen Tieren rächen und zieht dadurch die Aufmerksamkeit der Polizei in der kleinen Stadt auf sich.
Was ist nur geschehen, dass eine einfache Bäuerin und ihre Brüder sich so völlig irrational verhalten?

Hier betritt der Leser ein literarisches Haus mit Zimmern, die „Erlebnisräume" bilden, jedoch auch miteinander verbunden sind. Sie führen den Leser immer wieder zurück und gruppieren sich alle um einen Hauptort, an dem ein furchtbares Unglück geschah.
Türen werden aufgestoßen und Verbindungen werden geschaffen zu völlig unterschiedlichen Menschen, von ganz unterschiedlicher Mentalität, und innerhalb der Gesellschaft einer kleinen Stadt.
Der Roman erzählt, mit humorigem Unterton, von Erfolg und Rettung durch solidarisches Handeln, von ignoranter Überschätzung, von bornierter Rache und von Mitläufern.